VERTIGEM

W. G. SEBALD

Vertigem

Sensações

Tradução
José Marcos Macedo

1ª reimpressão

COMPANHIA DAS LETRAS

Este livro foi publicado com o apoio do Instituto Goethe.

Título original
Schwindel. Gefühle.

Capa
Kiko Farkas/ Máquina Estúdio
Elisa Cardoso/ Máquina Estúdio

Preparação
Cacilda Guerra

Revisão
Ana Maria Barbosa
Mariana Fusco Varella

Dados Internacionais de Catalogação na Publicação (CIP)
(Câmara Brasileira do Livro, SP, Brasil)

Sebald, W. G., 1944-2001.
Vertigem : sensações / W. G. Sebald ; tradução José Marcos Macedo. — 1ª ed. — São Paulo : Companhia das Letras, 2008.

Título original : Schwindel. Gefühle.
ISBN 978-85-359-1334-7

1. Ficção alemã. I. Título.

08-09227 CDD-833

Índice para catálogo sistemático:
1. Ficção : Literatura alemã 833

[2021]

EDITORA SCHWARCZ S.A.
Rua Bandeira Paulista, 702, cj. 32
04532-002 — São Paulo — SP
Telefone: (11) 3707-3500
www.companhiadasletras.com.br
www.blogdacompanhia.com.br
facebook.com/companhiadasletras
instagram.com/companhiadasletras
twitter.com/cialetras

BEYLE
OU O AMOR,
ESSA CRIATURA AGRIDOCE
E IRRESISTÍVEL

Em meados de maio de 1800, Napoleão e seus trinta e seis mil homens atravessaram o Grande São Bernardo, uma empreitada considerada até então como praticamente impossível. Durante quase duas semanas, uma coluna interminável de homens, animais e equipamento avançou de Martigny via Orsières pelo vale de Entremont, e de lá seguiu montanha acima em serpentinas aparentemente infindáveis até o desfiladeiro a dois mil e quinhentos metros acima do nível do mar, os pesados canos de canhão tendo de ser arrastados pela tropa em troncos de árvore ocos, ora sobre a neve e o gelo, ora sobre as escarpas rochosas já nuas.

Entre os poucos integrantes dessa legendária travessia dos Alpes que não permaneceram anônimos estava Henri Beyle. Então com dezessete anos, ele via chegar ao fim sua

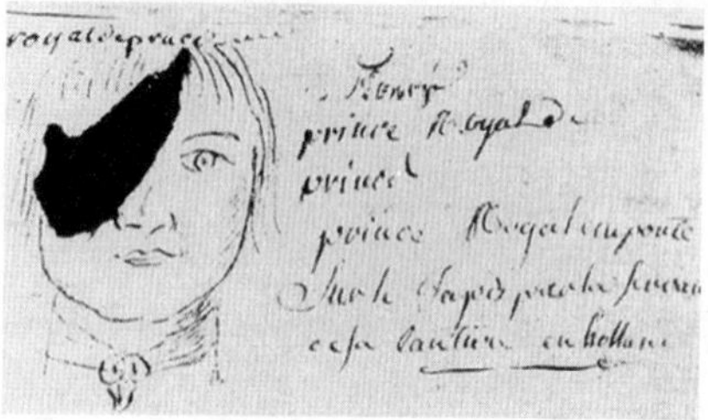

infância e adolescência

profundamente execráveis e, com algum entusiasmo, estava prestes a lançar-se em uma carreira nas forças armadas que o conduziria, como sabemos, pela Europa adentro. As notas nas quais Beyle, aos cinqüenta e três anos — ele passava uma temporada em Civita Vecchia quando as redigiu —, tenta resgatar a tribulação daqueles dias dão prova eloqüente das diversas armadilhas da memória. Uma hora sua visão do passado consiste em nada mais do que manchas cinzentas, outra hora ele topa com imagens de clareza tão fora do comum que não imagina ser possível lhes dar crédito, como aquela do general Marmont, que ele diz ter visto em Martigny à esquerda da trilha por onde avançava a coluna, com o uniforme azul-celeste e azul-royal de um conselheiro de Estado, e que continua a ver tal e qual, como ele nos assegura, sempre que fecha os olhos e evoca a cena, embora Marmont, como Beyle aliás sabe muito bem, tivesse de estar vestindo então seu uniforme de general, e não o traje de Estado.

Beyle, que afirma ter nessa época a constituição de uma menina de catorze anos devido a uma educação totalmente desvirtuada, voltada apenas ao desenvolvimento de ocupações burguesas, escreve também que ficara de tal modo marcado pela quantidade de cavalos mortos à beira da trilha e pelos demais destroços de guerra deixados como rastro pelo exército em ziguezague que ele já não tinha mais uma noção precisa daquilo que, então, o enchera de espanto. Suas impressões teriam sido aniquiladas, assim lhe parecia, pela própria violência do choque. Por isso, o desenho seguinte deve ser tomado apenas como um tipo de expediente por meio do qual Beyle tenta trazer à memória como foi que o batalhão com o qual avançava se viu debaixo de fogo perto do vilarejo fortificado de Bard. B é o vilarejo de

Bard. Os três Cs no canto superior direito representam os canhões da fortaleza, que disparam contra os pontos L L L na trilha que se estende sobre a encosta íngreme P. Onde está X, no abismo, jazem os cavalos que, loucos de pavor, se precipitaram irremediavelmente ladeira abaixo, e H significa Henri, a posição do próprio narrador. Claro que Beyle, ao se achar nesse ponto, não terá visto as coisas dessa forma, pois na realidade, como sabemos, tudo é sempre muito diferente.

Aliás, Beyle escreve que, mesmo quando a pessoa dispõe de lembranças cujas imagens são particularmente vivas, nelas pouco se pode confiar. Assim como lhe ficara gravada a aparição majestosa do general Marmont em Martigny antes do início da subida, também a descida do alto do desfiladeiro e o vale do São Bernardo que se abria contra o sol da manhã, tão logo transposto o trecho mais difícil do caminho, teria deixado nele uma impressão indelével pela sua beleza. Ele nunca mais, diz, se livrara de tal visão, e constantemente lhe passavam pela cabeça as primeiras palavras italianas — *quante miglia ci sono da qui a Ivrea* e *donna cattiva* — que dias antes lhe havia ensinado um pároco na casa de quem se aquartelara. Beyle escreve que durante muito tempo acreditara poder lembrar-se dessa viagem a cavalo em todos os seus detalhes, sobretudo da imagem na qual, a luz já esmaecendo, descortinou pela primeira vez a cidade de Ivrea a cerca de um quilômetro. Lá estava ela, um pouco à direita, onde o vale se torna mais amplo lentamente e se abre para a planície, enquanto à esquerda, nas profundezas da distância, erguiam-se as montanhas, o Resegone di Lecco, que mais tarde ainda representaria tanto para ele, e lá no pano de fundo o Monte Rosa.

Grande foi sua decepção, escreve Beyle, quando alguns anos antes, ao folhear papéis antigos, deu de cara com uma gravura intitulada *Prospetto d'Ivrea* e foi obrigado a admitir que a imagem que trazia na memória, da cidade ao cair da tarde, não era outra senão uma cópia dessa mesma gravura. Não se deve portanto, aconselha Beyle, comprar nenhuma gravura de vistas e paisagens contempladas durante viagens. Sim, porque uma gravura logo ocuparia todo o espaço da memória que tivéssemos de algo — pode-se mesmo dizer que ela a destruiria. Da magnífica *Madona sistina*, que vira em Dresden, por exemplo, ele já não podia se lembrar por mais que se esforçasse, porque ela fora encoberta pela gravura que Müller dela fizera, ao passo que, tal como antes, ele tinha diante dos olhos com extrema clareza os miseráveis pastéis de Mengs da mesma galeria, dos quais nunca, em lugar algum, vira uma cópia.

Em Ivrea, onde prédios inteiros e praças públicas foram ocupados pelo exército acantonado, Beyle conseguiu alojamento para si e para o capitão Burelvillers, em cuja companhia entrara a cavalo na cidade, no armazém de uma tinturaria, entre toda sorte de tonéis e tanques de cobre — um local que exalava vapores particularmente ácidos, que ele, mal se instalara, viu-se obrigado a defender contra uma horda de saqueadores ávida por arrancar dos gonzos portas e folhas de janela para lançá-las na fogueira por ela acesa no meio do pátio. Beyle sentiu, não só por esse feito mas pelas experiências em geral dos dias anteriores, que alcançara a maioridade e, num arrebatamento de ousadia, sem fazer caso de fome ou cansaço nem dos protestos do capitão, dirigiu-se ao Emporeum, onde, como ele vira anunciado em vários cartazes, levariam naquela noite *Il matrimonio segreto* de Cimarosa.

A fantasia de Beyle, já fortemente agitada por causa da desordem reinante em toda parte, sofreu então mais um abalo com a música de Cimarosa. Já naquele trecho do primeiro ato no qual Paolino e Caroline, casados em segredo, unem suas vozes no angustiante dueto "Cara, non dubitar: pietade troveremo, se il ciel barbaro non è", pensou estar não só ele próprio sobre o palco daquele rudimentar teatro, mas de fato na casa do comerciante bolonhês surdo, de quem tinha nos braços a filha mais moça. Seu coração se apertou de tal forma que, no decorrer da apresentação, lágrimas lhe vinham com freqüência aos olhos, e ao sair do Emporeum ele estava convencido de que a atriz que representara Caroline, e que, como imaginava ter notado com segurança, mais de uma vez dirigira o olhar expressamente para ele, seria capaz de lhe propiciar a felicidade prometida pela música. Não o perturbava de modo algum o fato de que o olho esquerdo da soprano revirasse um pouco para fora ao executar as coloraturas mais difíceis, nem que lhe faltasse o canino superior direito; antes, eram justamente a esses defeitos que se agarravam os sentimentos exaltados dele. Sabia agora onde buscar a felicidade; não em Paris, onde assim suspeitara quando ainda estava em Grenoble, nem nas montanhas do Dauphiné, das quais alguma vez tivera saudades em Paris, mas ali na Itália, naquela música, na presença de uma tal atriz. Nada podia alterar essa convicção, nem mesmo as piadas obscenas sobre os costumes duvidosos das damas de teatro contadas em tom de deboche pelo capitão na manhã seguinte, quando eles, deixando Ivrea para trás, cavalgavam rumo a Milão, e Beyle sentia o movimento em seu coração transbordar nos longes da paisagem de início de verão, da qual um sem-número de árvores lhe saudava com fresco verdor de todos os lados.

Em 23 de setembro de 1800, cerca de três meses após chegar a Milão, Henri Beyle, que até então se encarregara de trabalhos de escrituração nas repartições da embaixada da República na Casa Bovara, foi designado subtenente do 6º Regimento dos Dragões. As aquisições necessárias para completar seu uniforme logo lhe consumiram as economias, já que os gastos com o culote de camurça, com o capacete coberto de crina aparada de cavalo do cocuruto à nuca, com as botas, as esporas, as fivelas dos cintos, peitorais, dragonas, os botões e as insígnias excediam em muito as despesas necessárias a seu sustento. Claro que Beyle se sente transformado quando contempla agora sua figura no espelho ou imagina perceber o reflexo da impressão que causa nos olhos das mulheres milanesas. Para ele, é como se tivesse logrado finalmente libertar-se do seu corpo atarracado, como se o colarinho alto e bordado lhe tivesse espichado o pescoço curto demais. Mesmo seus

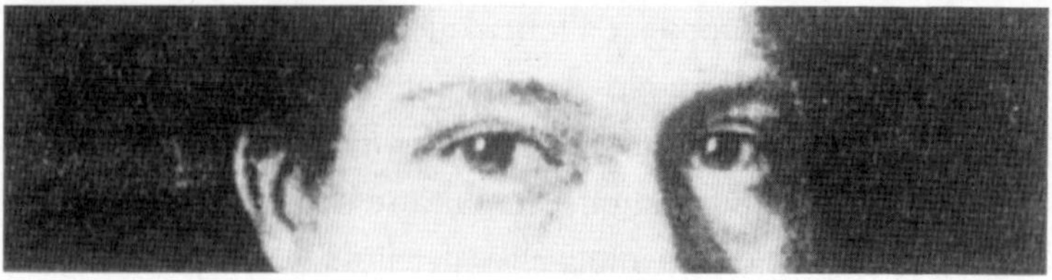

um tanto afastados um do outro, em razão dos quais costuma ser chamado, para desgosto seu, *Le Chinois*, parecem de repente mais audazes, mais focados em algum centro imaginário. Dias a fio o dragão de dezessete anos e meio, agora paramentado, corre de lá para cá com uma ereção, antes que se atreva a libertar-se da castidade que trazia consigo de Paris. Do nome ou do rosto da *donna cattiva* que lhe assistiu nesse mister ele já não era mais capaz de se lembrar. A sensação violenta, escreve, extinguiu nele toda lembrança a respeito. Nas semanas seguintes, Beyle mergulha com tanto afinco no aprendizado que, em retrospectiva, seu ingresso no mundo se confunde com suas visitas aos bordéis da cidade, e antes mesmo de terminar o ano ele passa a sentir as dores de uma infecção, bem como do tratamento com mercúrio e iodeto de potássio. Mas isso não o impede de trabalhar ao mesmo tempo no fomento de uma paixão bem mais abstrata. O objeto da sua ânsia de adoração é Angela Pietragrua,

a amante do seu camarada Louis Joinville, a qual no entanto só de vez em quando dirige um olhar meio irônico, meio compassivo ao jovem dragão disforme.

Somente onze anos mais tarde, quando Beyle, após longa ausência, volta a Milão para uma visita a Angela, a inesquecível, é que ele reúne coragem para declarar-lhe — a ela, que mal se lembra dele — seus sentimentos exaltados. Angela tem lá suas suspeitas da paixão desse amante excêntrico e tenta abrandar a situação tensa ao propor um passeio à Villa Simonetta, onde um eco de amplo renome repete o tiro de uma pistola até cinqüenta vezes. Mas a estratégia protelatória de nada adianta. Lady Simonetta, como Beyle daí em diante passa a chamar Angela Pietragrua, vê-se finalmente obrigada a capitular diante da, tal lhe parece, verbosidade insana que ele exibe na presença dela. Ainda assim, ela consegue arrancar-lhe a promessa de que, concedido o favor, ele se afastará de Milão sem demora. Beyle aceita essa condição sem protestos e deixa a tão saudosa Milão nesse mesmo dia, não sem anotar em seus suspensórios a data e a hora de sua conquista, 21 de setembro, onze e meia da manhã. Quando ele, o eterno peregrino, torna a sentar-se na diligência e a bela paisagem lá fora passa ao seu largo, pergunta-se se jamais obterá outra vitória como a que acabou de conquistar. Ao cair da noite, surpreende-o sua agora familiar melancolia, sentimentos de culpa e inferioridade muito semelhantes aos que o haviam atormentado com insistência pela primeira vez no final de 1800. Durante todo o verão, a euforia geral que se seguiu à batalha de Marengo o mantivera como que sobre asas; com enorme fascínio, ele lera nas gazetas da inteligência os sucessivos relatos da campanha na Itália setentrional; houvera espetáculos ao ar livre, bailes e iluminações, e, quando raiara o dia no qual ele haveria de envergar pela primeira vez o uniforme, foi para ele como se sua vida tivesse encontrado em definitivo seu lugar em um sistema perfeito ou que ao menos aspirava à perfeição, no qual beleza e terror guardavam uma exata relação entre si. Mas o final de outono trouxera o desânimo. O serviço na guarnição o oprimia cada vez mais, Angela parecia de fato não ter olhos para ele, a doença eclodiu, e a toda hora ele inspecionava com um espelho as inflamações e abscessos em sua cavidade bucal e no fundo da garganta e as manchas na parte interna das coxas.

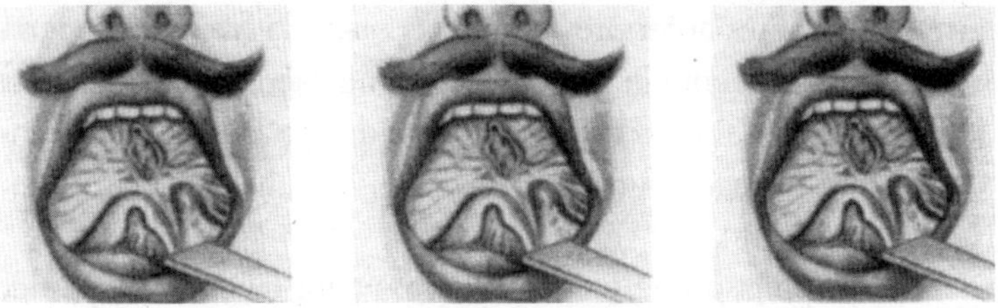

No início do novo século, Beyle assistiu mais uma vez a *Il matrimonio segreto* no Scala, mas, embora os bastidores teatrais fossem perfeitos e quem representava Caroline fosse de grande beleza, não lhe foi possível, como antes em Ivrea, imaginar-se na companhia dos atores. Ao contrário, agora ele estava tão distante de tudo que a música, como ele supunha sentir claramente, quase lhe dilacerava o coração. O estrondoso aplauso que sacudiu o teatro no final do espetáculo pareceu-lhe o epílogo de uma destruição, como o estalo causado por um enorme incêndio, e por um bom tempo ele permaneceu sentado, como se atordoado pela esperança de que o fogo o consumisse. Foi um dos últimos espectadores a deixar o guarda-roupa, e ao sair lançou ainda um olhar de viés para sua imagem refletida no espelho e, pela primeira vez, fez perante si próprio aquela pergunta com a qual se veria às voltas nas décadas seguintes — o que faz a ruína de um escritor? Em vista dessas circunstâncias, pareceu-lhe particularmente relevante quando, alguns dias após essa noite memorável, ele leu num jornal que Cimarosa fora surpreendido pela morte no dia 11 do mês corrente, em Veneza, ao trabalhar em sua nova ópera, *Artemisia*. Em 17 de janeiro, *Artemisia* estreou no Teatro La Fenice. Foi um sucesso estrondoso. Estranhos boatos começaram a correr depois disso, dando conta de que Cimarosa, que em Nápoles estivera implicado com o movimento revolucionário, fora envenenado a mando da rainha Caroline. Outras hipóteses referiam que Cimarosa morrera em decorrência dos maus-tratos a que fora submetido nas prisões napolitanas. Tais boatos, que causavam repetidos pesadelos em Beyle, nos quais tudo o que ele vivera nos meses anteriores embaralhava-se da forma mais terrível, perduraram com grande obstinação e não foram eliminados nem mesmo quando o médico pessoal do papa, após um exame expressamente agendado do cadáver de Cimarosa, declarou que a causa da morte fora gangrena.

Beyle precisou de um bom tempo para recuperar a paz de espírito após esses acontecimentos. Durante toda a primavera, ele padeceu de acessos de febre e cólicas gástricas que ora eram tratados com quinquina, ora com ipecacuanha e uma pasta de potassa e antimônio, o que agravou tanto seu estado que, mais de uma vez, ele supôs estar próximo do fim. Somente no início do verão seus receios diminuíram pouco a pouco e, com eles, a febre e as terríveis dores de estômago. Tão logo se restabeleceu, Beyle, que afora o batismo de fogo em Bard jamais tomara parte em nenhum combate, começou a visitar os locais em que haviam ocorrido as grandes batalhas dos anos anteriores. Cruzava assim vezes e mais vezes a paisagem lombarda pela qual, como ele nota, já havia tomado profunda afeição, em cuja distância faixas de cor azul e cinza distinguiam-se com nitidez cada vez maior, para enfim se dissolverem junto ao horizonte numa espécie de bruma alpina.

Assim é que Beyle, vindo de Tortone, detém-se nas primeiras horas da manhã de 27 de setembro de 1801 na vasta e serena campina — ouvem-se apenas as cotovias que alçam vôo — na qual em 25 de prairial do ano anterior, havia exatos quinze meses e quinze dias, como ele faz notar, ocorrera a batalha de Marengo. A guinada decisiva dessa batalha, ocasionada pela furiosa investida da cavalaria de Kellermann, que, quando tudo já parecia perdido, rompeu o flanco da principal força austríaca à luz do sol poente, era-lhe conhecida por inúmeros relatos, e também ele próprio a pintara de vários modos e em diversos matizes. Mas agora ele abrangia a planície com o olhar, via erguerem-se aqui e acolá árvores mortas, e via os ossos espalhados ao longe, em parte já completamente esbranquiçados e cintilantes com o orvalho da noite, dos talvez dezesseis mil homens e quatro mil cavalos que ali perderam suas vidas. A diferença entre as imagens da batalha que ele trazia na cabeça e o que via diante de si como prova de que a batalha realmente acontecera, essa diferença causou-lhe um vertiginoso sentimento de irritação nunca antes experimentado. É provável que por esse motivo, a coluna comemorativa erguida no campo de batalha lhe causou uma sensação, como ele escreve, extremamente mesquinha. Em sua sordidez, ela não correspondia nem à sua idéia da turbulência da batalha de Marengo nem ao gigantesco campo de defuntos sobre o qual se encontrava naquele momento, a sós consigo mesmo feito um moribundo.

Mais tarde, refletindo em retrospectiva sobre esse dia de setembro no campo de Marengo, muitas vezes pareceu a Beyle como se tivesse previsto então os anos seguintes, todas as suas campanhas e catástrofes, até mesmo a queda e o desterro de Napoleão, e como se lhe tivesse ficado claro naquele instante que ele não seria capaz de alcançar a felicidade servindo no Exército. Foi de todo modo naquelas semanas de outono que ele tomou a decisão de tornar-se o maior escritor de todos os tempos. Mas passos decididos para realizar esse sonho ele só foi dá-los quando começou a delinear-se a dissolução do Império, e na realidade ele despontou na literatura somente com o escrito *De l'amour*, composto na primavera de 1820 como uma espécie de resumo dos tempos tão cheios de esperança quanto infelizes que precederam essa obra.

Beyle, nesses anos cheios de idas e vindas entre França e Itália — tais viagens sempre foram um hábito —, conheceu em março de 1818 Métilde Dembowski Viscontini no seu salão de Milão. Métilde, casada com um oficial polonês quase trinta anos mais velho, tinha vinte e oito anos e uma grande e melancólica beleza. Beyle, depois de cerca de um ano em que foi um dos convidados regulares das casas da Piazza delle Galline e da Piazza Belgioioso, já estava a ponto de ganhar a simpatia de Métilde à força da sua paixão silenciosa e discreta quando ele próprio, como mais tarde foi forçado a admitir, complicou suas chances com uma gafe irreparável.

Métilde viajara a Volterra para visitar os dois filhos, que lá freqüentavam a escola do convento de San Michele, e Beyle, incapaz de agüentar nem sequer alguns dias sem VER Métilde, partira incógnito em seu encalço. Ele simplesmente não conseguira tirar da cabeça o último relance que tivera de Métilde na noite anterior à sua partida de Milão. Ao despedir-se, ela curvara-se no *foyer* de casa para ajustar algo no sapato, e de súbito tudo à volta dele abismou-se, e ele vira abrir-se atrás dela, numa profunda escuridão, como por entre uma fumaça espessa, um deserto vermelho. Essa visão o pôs em estado de transe, no qual ele então preparou seu disfarce. Comprou um novo casaco amarelo, culotes azul-escuros, calçados de laca pretos, um chapéu de veludo com alguns centímetros a mais de altura e um par de óculos verdes, e com essa indumentária percorreu Volterra e tentou, tanto quanto possível, ao menos avistar Métilde a alguma distância. A princípio Beyle imaginou-se de fato incógnito, mas então constatou com alívio tanto maior que Métilde lhe enviava olhares eloqüentes. Felicitou a si próprio pelo arranjo prático e murmurava a toda hora a frase *Je suis le compagnon secret et familier*, que de algum modo lhe parecia particularmente original. Métilde, por sua vez — que, como facilmente se pode imaginar, sentia-se comprometida por essas ações de Beyle —, contemplou-o, quando seu comportamento inexplicável tornou-se enfim importuno demais para ela, com um bilhete bastante seco, que punha um termo assaz abrupto a suas esperanças como amante.

Beyle ficou inconsolável. Repreendeu-se meses a fio, e só quando decidiu converter sua grande paixão num memorial sobre o amor é que reencontrou o equilíbrio espiritual. Sobre sua escrivaninha, como recordação de Métilde, há um molde de gesso

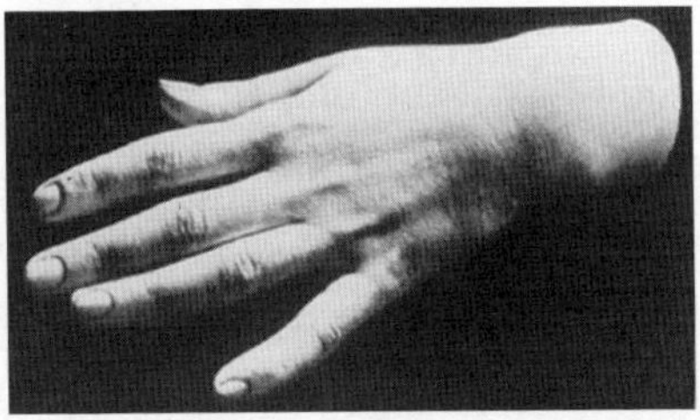

de sua mão esquerda, que ainda lhe foi possível obter pouco antes da derrocada — felizmente, como muitas vezes pensa ao escrever. Essa mão agora significa para ele quase tanto quanto Métilde jamais poderia ter significado. Sobretudo o dedo anular ligeiramente recurvo é que lhe causa emoções de uma violência que ele até então nunca havia experimentado.

No escrito *Sobre o amor*, narra-se uma viagem que o autor diz ter feito partindo de Bolonha na companhia de uma certa madame Gherardi, por ele também chamada às vezes apenas la Ghita. Essa Ghita, que reaparece aqui e ali à margem da obra madura de Beyle, é uma personagem misteriosa, para não dizer fantástica. Razões há para supor que ele introduziu esse nome como cifra para diversas de suas amantes, tais como Adèle Rebuffel, Angéline Bereyter e não menos para Métilde Dembowski, e que madame Gherardi, cuja vida, como Beyle escreve numa passagem, daria facilmente um romance inteiro, a despeito de todo o testemunho documental na realidade não existiu e foi somente uma espécie de figura fantasmagórica à qual Beyle se manteve fiel durante anos. Resta ainda obscuro em que ponto na vida de Beyle foi realizada a viagem com madame Gherardi, se é que de fato ela aconteceu. Mas como logo no início da narrativa muito se fala do lago de Garda, parece provável que algo daquilo que Beyle viveu em setembro de 1813, quando passou uma temporada convalescente nos lagos da Itália setentrional, foi incluído no relato da viagem com madame Gherardi.

Beyle encontrava-se no outono de 1813 num constante estado de espírito elegíaco. No inverno anterior, ele tomara parte na terrível retirada da Rússia, e a seguir passara algum tempo incumbido de atividades administrativas em Sagan, na Silésia, onde no alto verão foi acometido de uma doença grave, em cujo decurso seus sentidos eram perturbados por imagens recorrentes da grande conflagração de Moscou e imagens da escalada do Schneekopf, que ele planejara pouco antes de eclodir a febre. Repetidas vezes Beyle imaginava-se no cume da montanha, afastado do resto do mundo e cercado pelos cirros de gelo que adejavam na horizontal, impelidos pelo ar tempestuoso e pelas chamas que rompiam dos telhados das casas ao redor.

A licença que ele, após recuperar-se, desfrutou no norte da Itália foi marcada por uma sensação de fraqueza e quietude que lhe fizeram ver a natureza à volta, bem como a ânsia de amar que o movia continuamente, sob uma luz totalmente nova. Uma leveza peculiar, nunca antes sentida, dele tomou posse, e é a lembrança dessa leveza que atravessa o relato escrito sete anos mais tarde da viagem talvez apenas imaginária com a companheira provavelmente também apenas imaginária.

O ponto de partida da narrativa é Bolonha, onde, nas primeiras semanas de julho de um ano, como foi dito, impossível de precisar, reina um calor tão insuportável que Beyle e madame Gherardi decidem passar algumas semanas no ar mais puro das montanhas. Descansando de dia, viajando de noite, eles cruzam o terreno acidentado da Emilia-Romagna e os pântanos de Mântua, cobertos por névoas sulfúreas, para na manhã do terceiro dia chegar a Desenzano, à beira do lago de Garda. Nunca em sua vida, escreve Beyle, ele havia sentido tão profundamente como então a beleza e a solidão dessas águas. Em razão do calor opressivo, ele e madame Gherardi teriam passado as noites ao ar livre dentro de um bote no lago, e ao cair da escuridão teriam visto as mais estranhas gradações de cores e vivido as mais inesquecíveis horas de silêncio. Em uma dessas noites, assim escreve Beyle, eles teriam conversado sobre a felicidade. Madame Gherardi teria afirmado que o amor, como a maioria das demais bênçãos da civilização, era uma quimera pela qual tanto mais ansiamos quanto mais nos afastamos da natureza. Na medida em que buscávamos a natureza somente num outro corpo, dela nos distanciávamos, pois o amor era uma paixão que pagava suas dívidas em uma moeda inventada por ele próprio, um negócio de fachada portanto, do qual as pessoas precisavam tão pouco para sua felicidade quanto o aparato para afiar o cano das penas que ele, Beyle, havia comprado em Modena. Ou será então que você acredita, teria ela, escreve Beyle, ainda acrescentado, que Petrarca foi infeliz só porque nunca pôde tomar um café?

Poucos dias após essa conversa, Beyle e madame Gherardi seguiram viagem. Como o vento sobre o lago de Garda por volta da meia-noite sopra do norte para o sul, mas algumas horas antes da alvorada do sul para o norte, eles primeiro acompanharam as margens rumo a Gargnano até a metade do lago e lá tomaram então um barco no qual, justo quando rompia o dia, entraram no pequeno porto de Riva, onde dois meninos já se achavam sentados sobre o muro do cais jogando dados. Beyle fez notar a madame Gherardi uma barca velha e pesada, com um mastro principal rachado em seu terço superior e velas amarrotadas de um amarelo tirante a marrom, que pelo visto também aportara havia pouco e da qual dois homens de casacos escuros com botões prateados acabavam de desembarcar um caixão onde, sob uma grande toalha de seda franjada com motivos florais, jazia obviamente uma pessoa. Madame Gherardi sentiu-se de tal modo contrafeita com essa cena que insistiu em partirem sem mais demora de Riva.

Quanto mais penetravam então nas montanhas, maiores eram o frescor e o verde à sua volta, ao que madame Gherardi, que tantas vezes padecera com os verões poeirentos de sua terra, mostrava-se extremamente encantada. O episódio sombrio de Riva, que ela às vezes ainda repassava na memória como uma sombra, logo foi esquecido e deu lugar a um tal contentamento que, por pura alegria, ela comprou em Innsbruck um chapéu tirolês de abas largas, do tipo que conhecemos de reproduções do levante de Andreas Hofer, e Beyle, que dali na verdade teria preferido regressar, tratou de seguir com ela o vale do Inn abaixo, passando por Schwaz e Kufstein até chegar a Salzburgo. Lá, durante uma temporada de vários dias, não perderam a oportunidade de visitar as mundialmente famosas galerias subterrâneas da mina de sal de Hallein, onde madame Gherardi foi presenteada por um dos mineiros com um galho morto mas recoberto de milhares de cristais, no qual, quando tornaram a voltar à luz do dia, os raios do sol decompunham-se em brilho múltiplo, igual mesmo, escreve Beyle, só ao reflexo dos diamantes das damas conduzidas em círculo pelos cavalheiros à luz de um salão de baile bem iluminado.

O moroso processo de cristalização que transformara o galho morto numa verdadeira maravilha parecia a Beyle, como ele próprio relata, uma alegoria do crescimento do amor nas minas de sal da nossa alma. Longamente ele discorreu a respeito dessa comparação a madame Gherardi. Mas madame Gherardi não estava disposta a abrir mão da felicidade pueril que a inspirava nesse dia para discutir com Beyle o sentido profundo da, como ela notou sarcasticamente, alegoria sem dúvida muito bonita. Beyle tomou isso como uma demonstração das dificuldades que, a cada passo, emergiam subitamente em sua busca por uma mulher condizente com seu espírito, e faz notar que compreendeu então que mesmo os esforços mais extravagantes de sua parte não seriam capazes de tirar essas dificuldades do caminho. Com isso, ele tocou num tema que haveria de ocupá-lo como escritor durante anos a fio. Assim é que, por volta de 1826 — tem agora quase quarenta anos —, ele se acha sentado sozinho num banco sombreado por duas belas árvores e cercado por uma mureta no jardim do monastério dos Minori Osservanti dominando o lago de Albano e desenha lentamente, com o bastão

que agora carrega consigo a maior parte do tempo, as iniciais de suas antigas amantes como uma enigmática escrita rúnica de sua vida na poeira.

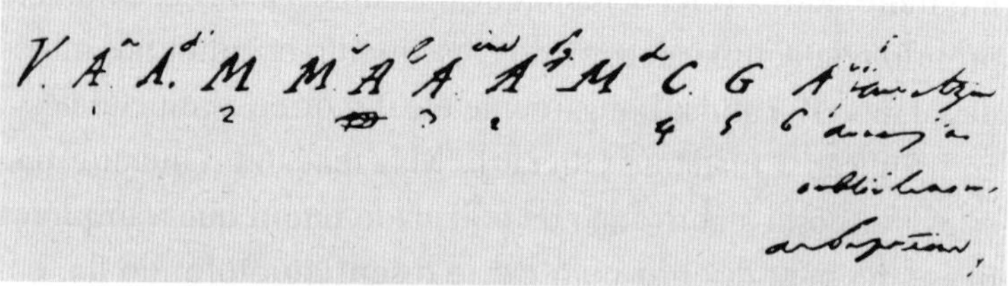

As iniciais correspondem a Virginie Kubly, Angela Pietragrua, Adèle Rebuffel, Mélanie Guilbert, Mina de Griesheim, Alexandrine Petit, Angéline (*que je n'ai jamais aimé*) Bereyter, Métilde Dembowski, a Clémentine, Giulia e madame Azur, de cujo prenome ele não se recorda. Assim como não entende mais os nomes dessas, como ele escreve, estrelas que agora se lhe tornaram estranhas, também já lhe parecia em última instância, ao compor seu escrito *Sobre o amor*, incompreensível a razão pela qual madame Gherardi, sempre que ele se esforçava por persuadi-la a acreditar no amor, ora lhe dava respostas algo melancólicas, ora respostas mordazes. Mas particularmente magoado sentia-se Beyle sobretudo quando madame Gherardi, como costumava ocorrer com freqüência, num momento em que ele próprio se convencera com resignação das razões da filosofia dela, concedia no entanto um certo valor de verdade às ilusões do amor sugeridas pela cristalização do sal. Surpreendia-o então a consciência súbita de sua insuficiência e uma pesarosa sensação de perda. No outono do ano da viagem de ambos pelos Alpes, assim acontecera certa vez, como Beyle se lembra com grande clareza, quando eles, cavalgando pela Cascata del Reno, discutiam os sofrimentos amorosos do pintor Oldofredi, que na época estava na boca do povo. Beyle, que ainda não desistira de nutrir esperanças sobre os favores de madame Gherardi, a quem sua conversa espirituosa era em geral de muito agrado, sentiu-se, quando ela, consigo mesma segundo lhe pareceu, começou a falar de uma felicidade divina à qual nada nessa vida seria comparável, acometido por um pavor terrível e chamou Oldofredi, pensando certamente mais em si próprio do que no pintor, de pobre estrangeiro. Depois disso, ele deixou seu cavalo tomar cada vez mais distância do de madame Gherardi, que aliás, como foi dito, provavelmente só existia em sua imaginação, e eles cobriram os cinco quilômetros que ainda os separavam de Bolonha sem trocar outra palavra.

Beyle compôs seus grandes romances entre os anos 1829 e 1842, sem nunca deixar de ser atormentado pelos sintomas de sua doença sifilítica. Deglutição dolorida e custosa, inchaço sob as axilas e dores nos testículos que atrofiavam eram seus principais incômodos. Observador profundo que se tornara, registrava com minúcias as oscilações de seu estado de saúde, e observou por fim que a insônia, as vertigens, o zumbido nos ouvidos, o pulso irregular e os tremores que às vezes pioravam tanto que ele mal podia empunhar garfo e faca tinham a ver menos com sua própria enfermidade do que com os remédios altamente tó-

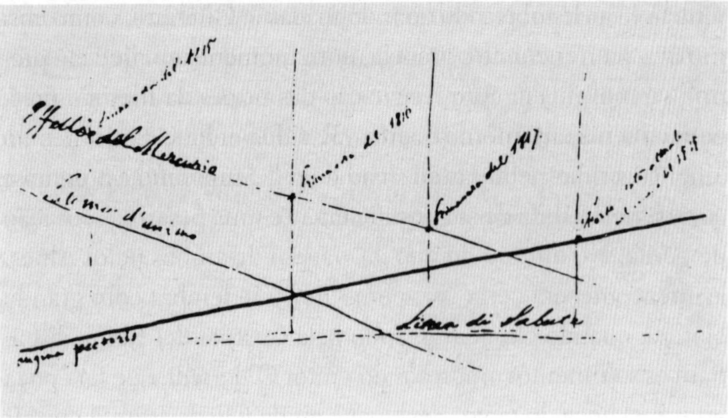

xicos que tomava fazia anos. Seu estado melhorou quando renunciou cada vez mais ao mercúrio e ao iodeto de potássio, mas notou que aos poucos o coração começava a negar serviço. Com freqüência cada vez maior Beyle faz agora, como havia tempos já era seu hábito, o cômputo da idade que esperava viver em uma forma criptográfica, que assume o aspecto de uma mensagem funesta em sua mal traçada e agourenta abstração.

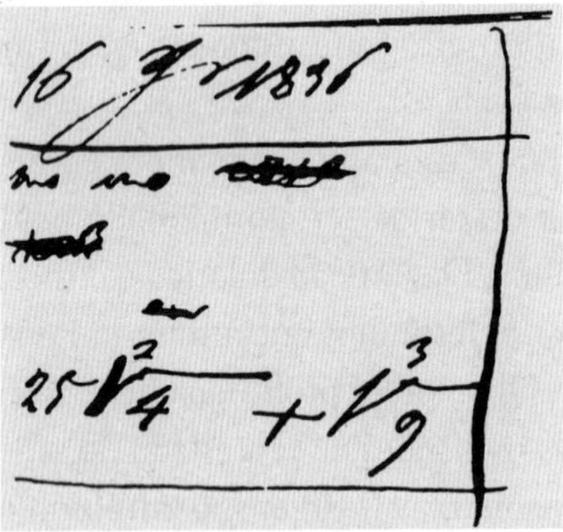

Seis anos do mais árduo trabalho ainda o separam de seu fim no momento em que esboça esse apontamento numérico que se lê a custo. Na noite de 22 de março de 1842 — já pairava no ar o prenúncio de primavera — um ataque apoplético o derruba na calçada da Rue Neuve-des-Capucines. Carregam-no de volta a seu apartamento na atual Rue Danielle-Casanova, onde ele, nas primeiras horas da manhã do dia seguinte, extingue-se, sem haver recobrado a consciência.

ALL'ESTERO

Na época, isso foi em outubro de 1980, eu partira da Inglaterra, onde moro já faz quase vinte e cinco anos num condado quase sempre encoberto por nuvens cinzentas, com destino a Viena, na esperança de superar com a mudança de ares uma fase particularmente difícil de minha vida. Em Viena, porém, logo após minha chegada, os dias se revelaram extremamente longos, agora que não eram mais preenchidos pelas tarefas rotineiras da escrita e da jardinagem, e eu literalmente não sabia mais para onde me virar. Saía todo dia de manhã cedo e caminhava aparentemente sem destino nem propósito pela Leopoldstadt, pelo centro e pela Josefstadt, percorrendo caminhos que, como percebi para meu espanto ao observar mais tarde o mapa, nunca ultrapassavam uma área de contornos precisos, em forma de foice ou crescente, cujas extremidades eram a Venediger Au atrás do Praterstern e as grandes dependências dos hospitais de Alsergrund. Tivessem sido assinalados a tinta os caminhos que percorri, a impressão que daria era que a pessoa buscara sempre novas travessas e novos rodeios em uma superfície predeterminada, para a cada vez chegar às raias de sua razão, imaginação ou força de vontade e ver-se obrigada a voltar atrás. Minhas andanças pela cidade, que muitas vezes se prolongavam durante horas, tinham assim fronteiras muito nítidas, sem que jamais me ficasse clara a natureza no fundo incompreensível do meu comportamento na época: as caminhadas contínuas ou a incapacidade de transpor fronteiras invisíveis e, como agora ainda tenho de admitir, totalmente arbitrárias. Só sei que me era impossível até mesmo usar o transporte público e, por exemplo, tomar simplesmente o bonde 41 para Pötzleinsdorf ou o 58 para Schönbrunn e assim, como não era raro eu fazer antes, passar o dia caminhando no Pötzleinsdorfer Park, na Dorotheerwald ou no Fasangarten. Fazer uma pausa em cafés e bares, ao contrário, não apresentava grandes dificuldades para mim. Aliás, sempre que me revigorava e descansava um pouco, eu recobrava por uns instantes o sentido de normalidade, de modo que, assim restabelecido e insuflado por um sopro de confiança, supunha às vezes ser capaz de pôr fim a meu silêncio que já durava dias e dar um telefonema. Acontece, porém, que as três ou quatro pessoas com quem eu talvez quisesse conversar nunca estavam ou não eram induzidas a atender o telefone, por mais que eu deixasse tocar. É um vazio todo peculiar que surge quando, numa cidade estranha, a pessoa disca números de telefone em vão. Quando ninguém atende, é uma decepção de alcance transcendente, como se esses números aleatórios fossem uma questão de vida ou morte. Que me restava então, depois de meter de volta no bolso as moedas que saíam tilintando do aparelho, senão perambular sem rumo noite adentro? Muitas vezes, provavelmente por causa de minha exaustão, eu supunha ver alguém conhecido andando à minha frente. Nessas alucinações, porque afinal outra coisa não eram, tratava-se sempre de pessoas em quem eu não pensava fazia anos, que de certo modo haviam partido. E vi também aquelas que com certeza já não estavam vivas, como Mathild Seelos e o escrivão maneta Fürgut. Certa ocasião, na Gonzagagasse, achei que tivesse reconhecido o poeta Dante, banido de sua cidade natal sob pena de ser queimado na fogueira. Durante um bom tempo ele caminhou a pequena distância à minha frente, com o conhecido barrete na cabeça, um pouco mais alto que os demais pedestres, embora por eles passasse despercebido, mas quando apertei o passo para alcançá-lo ele dobrou a Heinrichsgasse, e quando cheguei à esquina não havia mais sinal dele. Depois de outros surtos desse tipo, começou a brotar em mim uma vaga apreensão, que se manifestava como uma sensação de mal-estar e vertigem. Os contornos das imagens que eu procurava fixar dissolviam-se, e os pensamentos se desintegravam antes que eu os apreendesse totalmente. Embora às vezes, quando tinha de me apoiar em um muro ou mesmo buscar refúgio no vão de uma porta, eu temesse o princípio de uma paralisia ou doença neurológica, não era capaz de resistir a ela de outro modo a não ser me esgotar caminhando até tarde da noite. Nos cerca de dez dias que passei então em Viena, não visitei nenhuma das atrações, não fui a outro lugar senão a cafés e bares, e, com exceção dos garçons e garçonetes, não troquei palavra com ninguém. Somente com as gralhas nos jardins diante da prefeitura, se não me falha a memória, é que conversei um pouco, e com um melro de cabeça branca, que veio com as gralhas atrás do meu cacho de uvas. Os longos períodos sentado em bancos de parques, as caminhadas ao léu pela cidade, a tendência crescente de evitar os próprios cafés e restaurantes e de fazer minhas refeições em uma lanchonete ou simplesmente comer algo embrulhado em papel, tudo isso já começara a me transformar, sem que eu me desse conta. O fato de que eu continuava hospedado num hotel contradizia cada vez mais meu estado roto e empoeirado. Comecei a carregar comigo todo tipo de coisas inúteis numa sacola de plástico que trouxera da Inglaterra, coisas das quais, sem que eu admitisse, era cada dia mais impossível me separar. Ao voltar a altas horas de minhas excursões, sentia o olhar demorado e inquisitivo do porteiro da noite nas minhas costas enquanto eu aguardava o elevador no saguão do hotel, os braços cruzados apertando a sacola contra o peito. Não me atrevia mais a ligar a televisão no quarto, e não sei se eu jamais teria saído dessa depressão se uma noite, ao me despir devagar sentado à beira da cama, eu não tivesse ficado sinceramente espantado com a visão dos meus sapatos, que já se abriam de todo em farrapos por dentro. Senti um nó na garganta, e meus olhos se turvaram como já ocorrera antes naquele dia, quando eu chegara à Ruprechtsplatz após um longo desvio pela Leopoldstadt que finalmente me levara de volta ao primeiro distrito depois de seguir pela Ferdinandstrasse e atravessar a Schwedenbrücke. As janelas do centro comunitário judaico, no primeiro andar do prédio no qual se encontram a sinagoga e um restaurante kosher, estavam abertas de par em par — fazia um dia de outono extraordinariamente bonito, quase de alto verão —, e as crianças lá dentro, sem que eu as visse, cantavam, não sei por quê, "Jingle bells" e "Silent night, holy night" em inglês. O canto das crianças e agora os sapatos esfarrapados e, assim me parecia, sem dono. Neve e sapatos aos montes — com essas palavras na cabeça fui me deitar. Na manhã seguinte, ao acordar de um sono profundo e sem sonhos que nem mesmo o ruído do tráfego que rebentava lá embaixo na Ring fora capaz de perturbar, senti como se tivesse atravessado uma vasta extensão de água durante as horas de minha ausência noturna. Antes de abrir os olhos, pude me ver descendo a prancha de desembarque de um grande navio, e mal eu tocara terra firme decidi tomar o trem noturno para Veneza, mas antes disso passar o dia com Ernst Herbeck em Klosterneuburg.

Ernst Herbeck sofre de distúrbios mentais desde os vinte anos. Foi internado pela primeira vez numa clínica em 1940. Até essa data, trabalhara como auxiliar numa fábrica de materiais bélicos. De repente, mal pôde mais comer ou dormir. Ficava acordado à noite, contando em voz alta. O corpo se contorcia. A vida familiar, sobretudo o pensamento incisivo do pai, lhe corroía os nervos, como ele dizia. Acabou por perder o controle sobre si mesmo, atirava o prato para longe durante as refeições ou entornava a sopa debaixo da cama. Às vezes seu estado melhorava por algum tempo. Em outubro de 1944 foi até recrutado pelo Exército, mas deu baixa novamente em março de 1945. Um ano após o final da guerra, foi internado pela quarta e última vez. Passava as noites vagando pelas ruas de Viena, chamando a atenção pelo seu comportamento, e prestou declarações confusas à polícia. No outono de 1980, depois de trinta e quatro anos de internação, atormentado a maior parte desse tempo pela estreiteza de seus próprios pensamentos e apreendendo a realidade como através de um véu diáfano diante dos olhos, Ernst Herbeck recebeu alta a título de experiência e foi aposentado por invalidez. Agora vivia num asilo da cidade, entre internos dos quais ele mal se destacava. Quando cheguei ao asilo por volta das nove e meia, ele já estava à minha espera no topo da escada que conduzia à entrada. Acenei-lhe do outro lado da rua. De pronto ele ergueu o braço em saudação e, mantendo-o erguido, desceu os degraus. Vestia um paletó *glencheck* com um distintivo de andarilho na lapela. Na cabeça usava um chapéu de abas curtas, uma espécie de *trilby*, que mais tarde tirou quando ficou com calor e passou a carregar a seu lado, tal como meu avô costumava fazer nas caminhadas de verão.

Por sugestão minha, seguimos de trem até Altenberg, alguns quilômetros Danúbio acima. Éramos os únicos passageiros no vagão. Lá fora, na planície encharcada, salgueiros, choupos, amieiros e freixos, hortas loteadas e casinhas sobre pilotis. De vez em quando um vislumbre da água. Ernst deixava tudo isso passar sem uma palavra. Pela janela aberta a brisa soprava-lhe a testa. As pálpebras estavam semicerradas sobre os olhos grandes. Em Altenberg, caminhamos de volta um pequeno trecho da estrada pela qual havíamos chegado e então, virando à direita, subimos a trilha sombreada que leva ao Burg Greifenstein, uma fortaleza medieval que tem um papel significativo não só na minha imaginação, mas também, até hoje, na dos habi-

tantes de Greifenstein que moram no sopé do penhasco. Eu visitara o castelo pela primeira vez no final dos anos 60, e do mirante contemplara o rio cintilante e as várzeas do Danúbio, sobre as quais desciam então as sombras da noite.

Naquele dia claro de outubro no qual Ernst e eu, sentados lado a lado, desfrutamos essa vista maravilhosa, uma bruma azul pairava sobre o mar de folhagem que chega até as muralhas do castelo. Lufadas de ar agitavam o topo das árvores, e folhas soltas colhidas pelo vento subiam tão alto que aos poucos sumiam de vista. Ernst ficava às vezes muito distante. Minutos a fio ele deixava o garfo espetado na vertical sobre o doce. Nos velhos tempos, disse a certa altura, ele colecionara selos, austríacos, suíços e argentinos. Então fumava outro cigarro em silêncio e repetia, depois de apagá-lo e como que atônito com toda a sua vida pregressa, esta única palavra, "argentinos", que lhe parecia talvez exótica demais. Nessa manhã, imagino, não faltou muito para que nós dois aprendêssemos a voar, ou, eu pelo menos, aquilo que é necessário para uma respeitável queda. Mas sempre deixamos passar o momento propício. Resta acrescentar que a vista do Greifenstein também não é mais a mesma. Uma barragem foi construída abaixo do castelo. O curso do rio foi assim retificado e oferece agora um panorama ao qual a memória não resistirá por muito tempo.

Fizemos o caminho de volta a pé. Para nós dois ele foi longo demais. Abatidos, avançávamos lado a lado no sol de outono. Em Kritzendorf, as casas pareciam não ter mais fim. Dos habitantes, nenhum sinal. Estavam todos sentados à mesa para almoçar, seus talheres e pratos retiniam. Um cachorro lançou-se sobre um portão de ferro pintado de verde, totalmente fora de si, como se tivesse perdido o juízo. Era um grande labrador preto, cuja natural afabilidade fora sufocada por maus-tratos, longo confinamento ou pelo tempo cristalino que fazia naquele dia. Na casa atrás da cerca de paliçada nada se mexia. Ninguém apareceu à janela, nem sequer uma cortina buliu. O animal não parava de dar arrancos e avançar contra a cerca. Só às vezes estacava e dirigia o olhar para nós, petrificados que estávamos. Lancei um xelim como esmola para as almas na caixa de correio junto ao portão. Ao seguir adiante, senti o calafrio do medo em meus membros. Ernst tornou a parar e voltou-se para o cachorro preto, que agora se calara e estava ali de pé, imóvel na luz do meio-dia. Talvez devêssemos tê-lo soltado. Ele provavelmente seguiria então dócil a nosso lado, enquanto seu espírito mau teria partido em busca de outro hospedeiro entre os habitantes de Kritzendorf, ou mesmo entraria em todos simultaneamente, de modo que nenhum deles seria mais capaz de segurar uma colher ou um garfo.

Chegamos por fim a Klosterneuburg pela Albrechtstrasse, no alto da qual há um prédio horroroso feito toscamente de tijolos furados e esquadrias pré-fabricadas. As janelas do andar térreo estão vedadas com tábuas. Telhado não há. Em seu lugar, um amontoado de barras de ferro enferrujadas projeta-se para o céu. O conjunto me causou a impressão de um crime hediondo.

Ernst apertou o passo e evitou lançar um olhar ao temível monumento. Algumas casas adiante, as crianças cantavam na escola primária. O som mais belo vinha daquelas que não conseguiam alcançar direito as notas corretas. Ernst parou, virou-se para mim como se fôssemos dois atores de uma peça e, de maneira teatral, proferiu uma frase que me pareceu decorada havia muito tempo: Um belo som trazido pelo ar e que eleva o coração da pessoa. — Uns dois anos antes, eu já havia parado na frente daquela escola. Eu fora a Klosterneuburg com Olga para visitar sua avó, que fora recolhida ao asilo da Martinsstrasse. No caminho de volta, descemos a Albrechtstrasse e Olga cedeu à tentação de entrar na escola que freqüentara quando criança. Numa das salas de aula, a mesma em que ela estudara no início dos anos 50, a mesma professora ainda ensinava, quase trinta anos depois, com a mesma voz, e advertia os alunos, tal como antes, para que se concentrassem na lição e não ficassem papeando. Sozinha no grande saguão de entrada, rodeado de portas fechadas que, como ela me disse mais tarde, tinham lhe parecido na época portais altíssimos, Olga foi acometida por uma crise de choro. De todo modo, quando tornou a sair à rua, onde eu a aguardava, ela se achava em tal estado de aflição como eu jamais a vira antes. Voltamos ao apartamento da avó em Ottakring, e durante todo o trajeto até lá e durante toda a noite ela foi incapaz de recuperar a calma após esse encontro inesperado com o passado.

O asilo São Martinho é um prédio retangular de aparência robusta que data dos séculos XVII ou XVIII. A avó, Anna Goldsteiner, que sofria daquele tipo extremo de esquecimento que logo torna inviáveis até mesmo as tarefas diárias mais simples, dividia um dormitório no quarto andar, de cujas janelas com barras, embutidas fundo na alvenaria, era possível avistar de cima a copa das árvores no terreno em forte declive dos fundos da casa. Era como contemplar um mar em vagas. A terra firme, pareceu-me, já havia desaparecido no horizonte. Ressoou uma sirene de nevoeiro. O navio cortava as águas adiante, sempre adiante. Da casa de máquinas subia a vibração constante das turbinas. Lá fora, no corredor, iam e vinham uns poucos passageiros, alguns deles no braço de um enfermeiro. Levavam uma eternidade, nessas caminhadas em câmera lenta, para cruzar de um lado do vão da porta para o outro. Coisa estranha, a pessoa apoiada contra a corrente do tempo. O assoalho de parquete movia-se sob meus pés. Um murmurinho, um sussurro, pés sendo arrastados, preces e queixas enchiam o quarto. Olga estava sentada ao lado da avó e lhe acariciava a mão. O mingau de semolina foi distribuído. A sirene de nevoeiro tornou a soar. Lá fora, um pouco adiante na paisagem aquática verde e ondulada, passou outro vapor. No passadiço, as pernas escarranchadas e as fitas do boné esvoaçantes, havia um marinheiro que fazia complicados sinais semafóricos no ar com duas bandeiras coloridas. Olga abraçou a avó ao se despedir e lhe prometeu voltar em breve. Mas menos de três semanas mais tarde Anna Goldsteiner, que no final, para sua própria surpresa, não se lembrava nem mesmo dos nomes dos três maridos aos quais sobrevivera, morreu de um leve resfriado. Às vezes não é preciso muito. Quando recebemos a notícia de sua morte, passei semanas sem conseguir tirar da cabeça o pacotinho azul de sal de Bad Ischl, já pela metade, que ficava sob a pia de seu apartamento em Ottakring, no condomínio popular da Lorenz-Mandl-Gasse, e que ela não teria mais como usar até o fim.

Com os pés doloridos de nossa caminhada, Ernst e eu saímos da Albrechtstrasse e demos na praça da cidade, que pendia ligeiramente para um lado. Por alguns instantes, permanecemos indecisos na calçada sob o sol ofuscante do meio-dia antes de tentar, como dois estrangeiros, atravessar a rua em meio ao tráfego infernal, sendo quase atropelados por um caminhão de cascalho. Tendo chegado ao lado sombreado da rua, buscamos refúgio em um bar. A escuridão que de início nos envolveu ao entrar era tão impenetrável para olhos acostumados ao sol lá fora que fomos obrigados a nos sentar à primeira mesa com que topamos. Somente aos poucos e somente até certo grau a visão retornou após a cegueira provisória e os outros fregueses emergiram das trevas, alguns debruçados sobre os pratos, outros sentados curiosamente eretos ou recostados, mas todos, sem exceção, assim me pareceu, sozinhos, uma reunião de pessoas silenciosas, atravessada apenas pelo espectro da garçonete, que parecia levar de lá para cá mensagens secretas e palavras murmuradas entre os vários clientes e entre esses e o dono corpulento. Ernst não quis comer e preferiu aceitar um dos cigarros que lhe ofereci. Duas ou três vezes ele virou na mão com ar apreciativo o maço de cigarros com as legendas em inglês. Deu uma tragada profunda, como quem conhece o assunto. O cigarro, ele escrevera num de seus poemas,

é um monopólio e deve ser
fumado. Para assim
ser consumido pelas chamas.

E depois de tomar o primeiro gole de seu copo de cerveja, ele disse, pondo-o de volta sobre a mesa, que na noite anterior sonhara com escoteiros ingleses. O que lhe contei então sobre a Inglaterra, sobre o condado no leste inglês onde moro, sobre os vastos campos de trigo que no outono se transformam num deserto marrom a perder de vista, sobre os rios nos quais a maré montante faz subir a água salgada, e sobre as inundações que sempre acontecem lá, de modo que as pessoas podem atravessar os campos em botes, como antigamente no Egito — tudo isso Ernst escutou com o paciente desinteresse de alguém que há muito está familiarizado com cada detalhe daquilo que lhe é narrado. Pedi-lhe então que escrevesse algo no meu caderno de notas, o que ele fez sem a menor hesitação com a esferográfica que tirou do bolso do paletó, a mão esquerda sobre a página aberta. Com a cabeça inclinada para o lado, a pele da testa retesada para cima, as pálpebras semicerradas, ele escreveu:

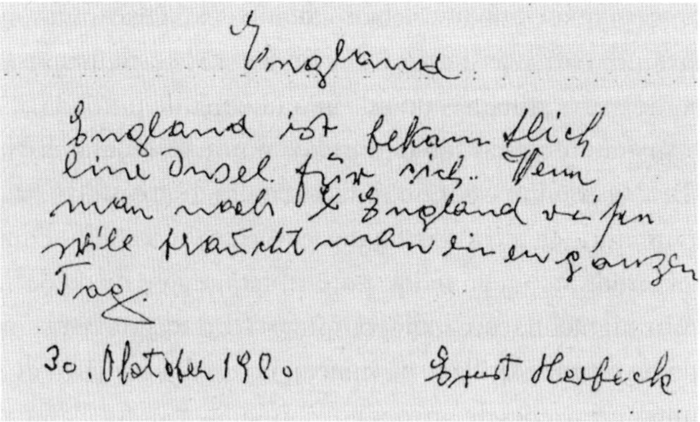
England

England ist bekanntlich eine Insel für sich. Wenn man nach England reisen wille braucht man einen ganzen Tag.

30. Oktober 1980 Ernst Herbeck

Inglaterra. A Inglaterra, como se sabe, é uma ilha em si mesma. Quem quiser viajar para a Inglaterra levará um dia inteiro. 30 de outubro de 1980. Ernst Herbeck. Depois saímos. Dali até o asilo Santa Inês não era longe. Ao nos despedirmos, Ernst, na ponta dos pés e ligeiramente curvado para a frente, tirou o chapéu e executou um movimento circular que terminou com ele pondo de novo o chapéu na cabeça, um gesto que era ao mesmo tempo brincadeira infantil e notável feito artístico. Isso me fez lembrar, a exemplo da maneira como me cumprimentara naquela manhã, de alguém que havia trabalhado durante muitos anos no circo.

A viagem de trem de Viena a Veneza quase não deixou traços em minha memória. Durante talvez uma hora, observei as luzes da periferia um tanto caótica do sudoeste da metrópole passar, até que, embalado pela velocidade do trem, que agia como um analgésico depois das intermináveis marchas a pé por Viena, peguei no sono. E foi durante o sono, enquanto lá fora tudo estava mergulhado fazia tempo na escuridão, que vi uma paisagem que nunca mais esqueci. A parte inferior dessa imagem estava quase coberta pela noite que caía. Uma mulher empurrava um carrinho de bebê por uma vereda em direção a um grupo de casas, uma das quais, uma taverna deteriorada, ostentava em grandes letras sob o frontão o nome Josef Jelinek. Sobre os telhados erguiam-se montanhas cônicas, escuras de tanta floresta, os cumes negros serrilhados pareciam recortados contra a luz da tarde. Acima de todos, porém, estava a crista do Schneeberg, cintilante, transparente, cuspindo fogo e centelhas, sobressaindo na última claridade de um céu no qual se moviam as mais estranhas formações de nuvens cinza-rosadas, e entre elas se viam os planetas de inverno e um crescente de lua. Em meu sonho, eu não tinha dúvida de que o vulcão era o Schneeberg, e tampouco duvidava de que a terra ao redor, sobre a qual logo em seguida me ergui através de uma garoa brilhante, era a Argentina, um campo infinitamente amplo e muito verde com ilhas de árvores e inúmeros cavalos. Só acordei quando senti que o trem, que por tanto tempo avançara em ziguezague pelos vales a uma velocidade constante, lançava-se agora para fora das montanhas em direção à planície lá embaixo. Abaixei a janela. Fiapos de nuvens percutiam em mim com estrondo. Avançávamos a uma velocidade vertiginosa. Massas rochosas preto-azuladas em forma de cunha pontuda projetavam-se até o trem. Debrucei-me para fora e procurei em vão seus cumes. Vales escuros, estreitos e esfiapados se abriram à minha frente, riachos de montanha e cachoeiras lançavam borrifo branco na noite que mal terminava, tão próximos que seu hálito frio em minha face me causou arrepio. Esse é o Friul, pensei comigo, e com isso me veio naturalmente à lembrança a destruição que essa região sofrera poucos meses antes. Pouco a pouco, a alvorada revelou vagamente deslizamentos de terra, fragmentos de rocha, prédios desmoronados, pilhas de escombros e entulho e, aqui e ali, pequenos acampamentos de gente morando em barracas. Mal se via uma luz acesa na região inteira. As nuvens baixas que vinham dos vales alongados sobre a paisagem desoladora ligaram-se em minha imaginação ao quadro de Tiepolo que eu costumava contemplar durante horas. Ele retrata a cidade de Este assolada pela peste na planície, aparentemente incólume. No pano de fundo há uma cordilheira e um cume fumegante. A luz que se difunde pelo quadro parece ter sido pintada através de um véu de cinzas. Seria lícito supor que foi essa luz que expulsou as pessoas da cidade rumo ao campo aberto, onde, depois de cambalearem por algum tempo, sucumbiram de vez ao flagelo que carregavam dentro de si. No centro do quadro, em primeiro plano, jaz uma mãe morta pela peste, a criança ainda viva nos braços. Ajoelhada à esquerda está santa Tecla, intercedendo em favor dos habitantes da cidade, o rosto voltado para cima, onde as hostes celestes atravessam os ares e nos dão uma idéia, se quisermos realmente ver, daquilo que se passa sobre nossas cabeças. Santa Tecla, ora por nós para que sejamos poupados de todo contágio e morte súbita e salvos misericordiosamente da perdição. Amém.

Depois de fazer a barba no barbeiro da estação, saí ao átrio da Ferrovia Santa Lucia. A umidade da manhã de outono ainda pairava densa entre as casas e sobre o Grande Canal. Sobrecarregadas, com água até as bordas, as balsas passavam de lá para cá. Emergiam da névoa com um rumorejo, sulcavam as ondas verde-alfazema e tornavam a desaparecer nos tufos brancos de ar. Os timoneiros de pé na popa, eretos e imóveis. A mão no leme, os olhos fixos adiante, cada qual era um símbolo da veracidade, pensei comigo, e segui então, ainda algo comovido com o significado que atribuíra aos marujos, de volta da Fondamenta pela praça ampla, subindo o Rio Terrà Lista di Spagna e atravessando o Canale di Cannaregio. Quem ingressa no coração da cidade nunca sabe o que verá a seguir ou por quem será visto no instante seguinte. Mal entra em cena, a pessoa torna a deixar o palco por outra saída. Essas breves exposições são de uma obscenidade quase teatral e ao mesmo tempo têm um quê de conspiração a seu respeito, para a qual somos atraídos à revelia e a contragosto. Se a pessoa anda atrás de outra numa viela deserta, basta apertar ligeiramente o passo para provocar um frio na espinha daquele que é perseguido. E vice-versa, a própria pessoa vira presa facilmente. Confusão e pavor gélido se alternam. Foi com uma certa sensação de alívio, portanto, que tornei a avistar o Grande Canal, perto de San Marcuola, depois de vagar por uma boa hora sob as casas altas do gueto. Apressado como um veneziano a caminho do trabalho, subi a bordo de um *vaporetto*. A névoa se dissipara nesse meio-tempo. Perto de mim, num dos bancos de trás, estava sentado, ou quase se poderia dizer deitado, um homem com um puído casaco de *loden* verde, que reconheci de imediato como Ludwig II da Baviera. Estava um tanto envelhecido e emaciado, e curiosamente conversava com uma senhora nanica no inglês fortemente nasalado das classes altas, mas de resto era o rei escarrado: a palidez mórbida da face, os olhos esbugalhados de criança, o cabelo ondulado, os dentes cariados. *Il re Lodovico*, sem dúvida. Provavelmente, pensei comigo, ele chegara por mar à *città inquinata Venezia merda*. Depois de desembarcamos, vi-o descer a Riva degli Schiavoni com seu casaco tirolês esvoaçante, ficando cada vez menor, não apenas por causa da crescente distância, mas também porque se curvava cada vez mais baixo enquanto conversava sem parar com sua minúscula companheira. Não os segui, mas me sentei num dos bares junto à Riva, tomei meu café-da-manhã, li o *Gazzettino*, rabisquei algumas notas para um tratado sobre o rei Ludwig em Veneza e folheei o *Diário da viagem à Itália*, de Grillparzer, escrito em 1819. Eu o comprara ainda em Viena, porque quando viajo não é raro me sentir como Grillparzer em suas viagens. Tal como ele, nada me agrada, as atrações turísticas me decepcionam todas infinitamente, e muitas vezes penso que teria sido muito melhor ter ficado em casa com meus mapas e horários. Até mesmo ao palácio dos Doges Grillparzer não presta mais que uma distinta deferência de muito má vontade. Apesar de toda a delicadeza da arte em suas arcadas e ameias, ele escreve, o palácio dos Doges tem uma silhueta disforme e lhe lembra um crocodilo. Como chegou a essa comparação ele não sabe. O que se decidia ali era com certeza algo misterioso, imutável e severo, diz, e chama o palácio de um enigma de pedra. A natureza desse enigma é aparentemente o horror, pois, enquanto está em Veneza, Grillparzer não se desvencilha de uma sensação de desassossego. Versado ele próprio em direito, não pára de pensar no palácio, no qual as autoridades legais fixavam residência e na cela mais recôndita do qual, como ele diz, o princípio invisível ruminava. E os que se foram, perseguidores e réus, assassinos e vítimas, erguiam-se à sua frente com cabeças veladas. Calafrios de febre acometiam o pobre funcionário hipersensível.

Uma dessas vítimas que se viu às voltas com a justiça veneziana foi Giacomo Casanova. Sua *Histoire de ma fuite des prisons de la République de Venise qu'on appelle Les Plombs écrite à Dux en Bohème l'année* 1787, publicada originalmente em Praga em 1788, oferece um bom resumo da inventividade da justiça penal da época. Por exemplo, Casanova descreve um tipo de garrote. A vítima é posicionada de costas para uma parede na qual uma braçadeira em forma de ferradura está afixada, e sua cabeça é empurrada contra o dispositivo de modo que a braçadeira envolva metade do pescoço. Uma fita de seda é passada ao redor do pescoço e presa a um torniquete que o algoz torce lentamente até que, por fim, os estertores do condenado cheguem a seu termo. Esse aparato se encontra no cárcere sob os telhados de folhas de chumbo do palácio dos Doges. Casanova estava na casa dos trinta quando para lá foi levado. Na manhã de 26 de julho de 1755, o Messergrande entrou em seu quarto. Casanova é intimado a levantar-se sem demora, entregar todos os escritos seus ou outros que possuísse, vestir-se e acompanhar o Messergrande. A palavra *tribunal*, escreve, paralisou-me por completo e deixou-me apenas o tanto de liberdade corporal necessária para obedecer. Mecanicamente ele faz sua toalete, veste sua melhor camisa e o casaco novo que acabou de ficar pronto, como se fosse a um casamento. Pouco depois se encontra no sótão do palácio, de seis braças de comprimento por duas de largura. Já a cela à qual é conduzido mede quatro metros por quatro. É tão baixa que nela não consegue ficar de pé, e não há uma única peça de mobília. Na parede, fazendo as vezes de mesa e cama, está afixada uma tábua de trinta centímetros de largura, sobre a qual ele deposita seu elegante sobretudo de seda, o casaco novo, que estreou em ocasião tão infausta, e o chapéu adornado com um galão espanhol e uma pluma branca de garça-real. Faz um calor dos infernos. Pelas grades, Casanova vê ratos do tamanho de lebres correndo de lá para cá no sótão. Aproxima-se do parapeito da janela, pela qual pode avistar uma nesga do céu. Lá permanece sem se mexer durante oito horas inteiras. Nunca na vida, diz, sentiu um gosto tão amargo na boca. A melancolia parece não ter mais fim. Vem a canícula. O suor lhe escorre aos borbotões. Passa duas semanas sem evacuar. Ao se livrar das fezes empedradas, imagina que morrerá de tanta dor. Casanova reflete sobre os limites da razão humana. Conclui que, embora seja raro uma pessoa enlouquecer, a maior parte do tempo falta pouco para que isso aconteça. Basta apenas uma mudança insignificante, e nada mais é como era antes. Em suas considerações, Casanova compara a mente lúcida a um copo, que não quebra sozinho. Mas como é fácil estilhaçá-lo! Um movimento em falso, e pronto. Por isso, ele resolve se recompor e encontrar um meio de compreender sua situação. Logo fica claro que os presos daquela prisão são todos gente de respeito que, por razões conhecidas apenas de Suas Excelências e não divulgadas aos detentos, teve de ser afastada da sociedade. Quando o tribunal processa um criminoso, já está convencido de sua culpa. Afinal, as regras segundo as quais o tribunal procede são sancionadas por senadores eleitos entre os mais capazes e os mais virtuosos. Casanova percebe que terá de se haver com o fato de que o padrão agora vigente é o do sistema judiciário da República, e não o do seu próprio sentimento de justiça. Fantasias de vingança que ele acalentara no início de sua detenção — tais como incitar o povo e encabeçar uma revolta que botasse abaixo o governo e a aristocracia — estão fora de cogitação. Logo ele se dispõe a perdoar a injustiça contra ele cometida, contanto que finalmente o libertem. Descobre também que, até certo grau, é possível chegar a um acordo com as autoridades. Às suas próprias expensas, objetos de uso diário, alguns livros e alimentos são levados à sua cela. No início de novembro ocorre o grande terremoto de Lisboa, que provoca ondas gigantescas até na Holanda. Uma das vigas mais pesadas, visíveis pela janela do cárcere de Casanova, começa a girar e torna em seguida à antiga posição. Depois disso ele abandona toda esperança de libertação, sem ter como saber se sua pena é ou não perpétua. Todo o seu pensamento dirige-se agora aos preparativos para fugir da prisão, dos quais se ocupará um ano inteiro, incluindo um primeiro revés. Como agora lhe é permitido todos os dias passear de lá para cá no sótão, onde todo tipo de tralha espalha-se pelos cantos, ele consegue arranjar uma coisa ou outra que sirva a seu objetivo. Topa com uma pilha de cadernos com anotações de processos penais do século anterior. Contêm acusações contra confessores que fizeram uso indevido do sacramento da confissão, descrevem em detalhes os hábitos de professores primários condenados por pederastia e estão cheios das transgressões mais extraordinárias, relatadas, por assim dizer, para deleite da erudição jurídica. Particularmente freqüentes, como Casanova infere das velhas páginas, são questões relativas à sedução de virgens nos orfanatos da cidade, inclusive naquele cujas moças alçavam suas vozes todos os dias na igreja de Santa Maria da Visitação, na Riva degli Schiavoni, ao afresco do teto que representa as três virtudes cardeais, às quais Tiepolo deu os retoques finais pouco depois de Casanova ser encarcerado. Sem dúvida a jurisdição naquela época, como também mais tarde, ocupava-se em boa parte com a regulação do instinto libidinoso, e é de supor que não poucos dos prisioneiros que pereciam lentamente sob o telhado de chumbo do palácio fossem desses sujeitos irreprimíveis cujo desejo, várias e várias vezes, os impele ao mesmo ponto.

No outono de seu segundo ano na prisão, os preparativos de Casanova atingem um ponto em que a fuga pode ser considerada. O momento é propício, pois os inquisidores transferem-se para *terra firma* nessas semanas e Lorenzo, o carcereiro, via de regra se embebeda quando da ausência dos seus superiores. Para determinar dia e hora precisos, Casanova consulta o *Orlando furioso* de *messer* Ludovico Ariosto, segundo um sistema comparável às *sortes virgilianae*. Primeiro escreve sua pergunta, forma uma pirâmide invertida a partir dos números que resultam das palavras e então, numa operação tripla que consiste em subtrair o número 9 de cada par de algarismos, chega ao primeiro verso da sétima estrofe do nono canto do *Orlando furioso*, que diz: *Tra il fin d'ottobre e il capo di novembre*. Tal indicação exata da hora H é o indício decisivo para Casanova, pois crê que nessa coincidência tão extraordinária uma lei está em ação, inacessível até mesmo à inteligência mais clara e à qual, portanto, deve submeter-se. De minha parte, essa tentativa de Casanova de sondar o desconhecido mediante um jogo aparentemente aleatório de palavras e números me induziu a folhear minha própria agenda daquele ano, e então descobri para minha surpresa, diria até para meu assombro, que aquele dia de 1980 em que eu lia o diário de Grillparzer no bar da Riva degli Schiavoni, entre o Danieli e a Santa Maria della Visitazione, e portanto perto do palácio dos Doges, era o último dia de outubro, isto é, o aniversário do dia, ou melhor, da noite, em que Casanova, com a frase *E quindi*

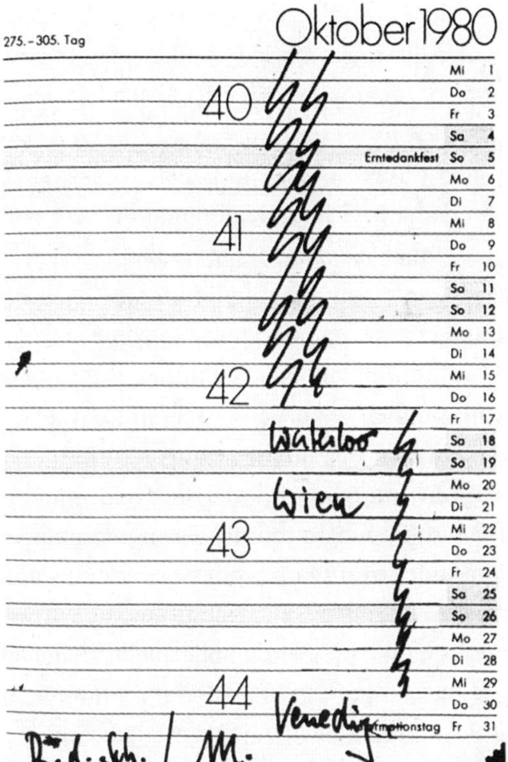

uscimmo a rimirar le stelle nos lábios, irrompeu da couraça de chumbo do crocodilo. Mais tarde naquela mesma noite de 31 de outubro, voltei ao bar na Riva depois do jantar e travei conversa com um veneziano chamado Malachio, que estudara astrofísica em Cambridge e, como logo ficou claro, enxergava tudo de uma grande distância, não apenas as estrelas. Lá pela meia-noite pegamos seu barco, que estava atracado ao cais, e subimos a cauda de dragão do Grande Canal, passando pela Ferrovia e pelo Tronchetto, saindo a mar aberto, de onde se avistam as luzes das refinarias de Mestre, que se estendem por quilômetros ao longo da costa. Malachio desligou o motor. O barco subia e descia ao sabor das ondas, e se passou um longo tempo, assim me pareceu. Diante de nós havia o brilho do mundo que esmorecia, que nunca nos fartamos de ver, como se fosse uma cidade celeste. O milagre da vida surgida do carvão, ouvi Malachio dizer, é consumido em chamas. O motor tornou a ser ligado, o barco ergueu a proa da água e ingressamos no Canale della Giudecca após traçar um arco aberto. Meu guia indicou-me sem palavras o Inceneritore Comunale na ilha anônima a oeste da Giudecca. Uma concha de concreto sob um rolo de fumaça branco, em silêncio sepulcral. Perguntei se a combustão continuava noite adentro, e Malachio respondeu: *Sì, di continuo. Brucia continuamente*. As fornalhas nunca se apagam. O moinho Stucky entrou em nossa linha de visão, um prédio construído no século XIX com milhões de tijolos que, da Giudecca, fitava com suas venezianas a Stazione Marittima. Tão monstruosamente grande é a construção que o palácio dos Doges caberia com certeza várias vezes dentro dela, o que faz pensar se era mesmo apenas trigo que se moía ali. Justo quando passávamos pela fachada, que avultava na escuridão, a lua saiu detrás das nuvens e iluminou com seu brilho o mosaico dourado sob a empena esquerda, que mostra uma ceifadeira com um feixe de espigas, uma figura absolutamente estranha nessa paisagem de pedra e água. Malachio disse que, nos últimos tempos, estava pensando um bocado sobre a ressurreição, e perguntava-se sobre o significado da frase segundo a qual nossos ossos e corpos seriam levados um dia à presença do profeta Ezequiel. Não encontrara nenhuma resposta, mas na verdade lhe bastavam as perguntas. O moinho dissolveu-se nas trevas, e à nossa frente emergiu a torre de San Giorgio e a cúpula de Santa Maria della Salute. Malachio dirigiu o barco de volta para meu hotel. Não havia mais nada a dizer. O barco atracou. Trocamos um aperto de mãos. Num instante eu já estava na margem. As ondas batiam contra as pedras cobertas de musgo felpudo. O barco fez uma volta na água. Malachio acenou outra vez e exclamou: *Ci vediamo a Gerusalemme*. E, já mais adiante, tornou a repetir mais alto: Ano que vem em Jerusalém!. Atravessei o átrio do hotel. Ninguém mais à vista. Todos estavam na cama. Até o porteiro abandonara seu posto e repousava sobre um leito estreito, de pés curiosamente altos, numa espécie de câmara sem porta atrás da recepção, como se fosse um corpo a ser velado. A imagem-teste tremulava sem ruído no televisor. Somente as máquinas compreenderam que não é mais permitido dormir, pensei comigo subindo ao quarto, onde o cansaço também logo me venceu.

Acordar nessa cidade é diferente de acordar em qualquer outro lugar. O dia rompe tranqüilo, cortado apenas por um grito aqui e ali, pelo ruído de uma persiana sendo erguida, por uma pomba batendo asas. Quantas vezes, pensei comigo, já não acordei num quarto de hotel, em Viena, em Frankfurt ou em Bruxelas, as mãos entrelaçadas atrás da cabeça, escutando não o silêncio como aqui, mas, com uma viva sensação de terror, o frêmito do tráfego que passava por mim já fazia horas. Então é esse, eu sempre pensava nessas ocasiões, o novo oceano. Incessantes, em vagalhões, as ondas rolam sobre toda a extensão das cidades, ficam cada vez mais ruidosas, estendem-se cada vez mais além, rebentam numa espécie de frenesi no auge do fragor e correm pelo asfalto e pelas pedras, enquanto novas vagas de ruído desprendem-se de onde eram represadas pelos semáforos. Ao longo dos anos, cheguei à conclusão de que é desse rumor que surge agora a vida que virá atrás de nós e que nos destruirá lentamente, assim como nós destruímos lentamente o que existe há muito antes de nós. Absolutamente irreal, portanto, como prestes a ser estilhaçado, pareceu-me o silêncio sobre a cidade de Veneza naquela manhã do Dia de Todos os Santos, na qual o ar branco entrava pela janela entreaberta do meu quarto e encobria tudo, como se eu estivesse no meio de um mar de névoa. O vilarejo de W., onde passei os primeiros nove anos de minha vida, ficava sempre coberto pela névoa mais espessa no Dia de Todos os Santos e no Dia de Finados. E os moradores, sem exceção, vestiam suas roupas pretas e se dirigiam aos túmulos que no dia anterior haviam posto em ordem, removendo as plantas de verão, arrancando as ervas daninhas, varrendo os caminhos e misturando fuligem com o solo. Nada em minha infância parecia possuir maior significado do que esses dois dias de lembrança dos sofrimentos dos santos mártires e das pobres almas, nos quais as figuras escuras dos aldeões vagavam estranhamente curvadas na névoa, como se tivessem sido banidas de suas casas. Mas em particular o que me comovia todos os anos era comer os *Seelenwecken*, os bolinhos que Mayrbeck fazia especialmente para essas datas, aliás não mais nem menos do que um único para cada homem, para cada mulher e para cada criança. Esses *Seelenwecken* eram feitos de massa de pão branco e eram tão pequenos que a pessoa podia facilmente escondê-los na palma da mão fechada. Vinham dispostos de quatro em quatro na assadeira. Eram polvilhados com farinha, e me lembro de que uma vez o polvilho que restara no meu dedo depois de comer um desses *Seelenwecken* pareceu uma revelação e que na noite daquele dia passei um bom tempo revolvendo com uma colher de pau o pote de farinha no quarto dos meus avós, tentando penetrar o mistério que eu supunha lá escondido.

Ocupado que estava com minhas notas e sobretudo com minhas reflexões, que ora descreviam círculos cada vez mais amplos, ora cada vez mais estreitos, e envolvido também de vez em quando por um perfeito vazio, não saí uma única vez do quarto naquele primeiro dia de novembro de 1980; parecia-me então que era possível acabar de fato com a própria vida à força da simples reflexão e absorção em si mesmo, pois, embora eu tivesse fechado a janela e o quarto estivesse um pouco aquecido, meus membros ficavam cada vez mais frios e rijos em razão da minha imobilidade, de modo que, quando finalmente chegou o garçom com o vinho tinto e os sanduíches que eu pedira, me senti como se já tivesse sido enterrado ou pelo menos posto no caixão, tacitamente grato pela libação ofertada, mas já incapaz de consumi-la. Imaginei como seria se eu atravessasse a laguna cinza em direção à ilha dos mortos, até Murano ou mais além até San Erasmo ou até a Isola San Francesco del Deserto, nos pântanos de santa Catarina. Com esses pensamentos na cabeça, caí num sono leve, vi a névoa se erguer, a laguna verde distendida no sol de maio e as ilhas verdes como tufos de ervas emergindo da vastidão plácida das águas. Vi a ilha-hospital de La Grazia com seu prédio circular pan-óptico, de cujas janelas milhares de loucos acenavam, como se a bordo de um grande navio que zarpava. São Francisco jazia com o rosto para baixo na água num tremulante canteiro de caniços, e sobre os pântanos caminhava santa Catarina, na mão um pequeno modelo da roda na qual fora despedaçada. A roda estava presa a uma vareta e girava ao vento com um zunido. O crepúsculo violeta pairou sobre a laguna, e, quando acordei, estava no escuro. Perguntei-me o que Malachio quisera dizer com a frase *Ci vediamo a Gerusalemme*, tentei em vão lembrar seu rosto ou seus olhos, ponderei se não deveria voltar ao bar da Riva, mas quanto mais ponderava, menos era capaz de me mexer do lugar. A segunda noite em Veneza passou, e passou o Dia de Finados e uma terceira noite, da qual só tornei a mim na manhã de segunda-feira num curioso estado de ausência de peso. Um banho quente, os sanduíches e o vinho tinto do dia anterior e o jornal que pedi que trouxessem me restabeleceram de tal forma que fui capaz de fazer as malas e me pôr novamente a caminho.

O bufê na Ferrovia estava envolto em um barulho verdadeiramente infernal. Como uma espécie de ilha estável, ele se destacava da multidão de pessoas que oscilava feito uma plantação de trigo ao vento, parte dela entrando pelas portas, outra saindo, outra acotovelada em torno do balcão e outra ainda rolando até os caixas sentados um pouco a distância em postos elevados. Quem carecia de um bilhete, como era o meu caso, tinha primeiro de gritar a plenos pulmões para uma dessas mulheres entronizadas, que, vestidas apenas com uma espécie de avental, com cabelos anelados e vista baixada pela metade, flutuavam perfeitamente impassíveis sobre as cabeças dos suplicantes e selecionavam a esmo, assim me parecia, um dos apelos exprimidos com vozes que se cruzavam e confundiam, repetindo-o acima do tumulto em voz alta e com uma certeza que negava toda possibilidade de dúvida, e então proclamavam no recinto o preço do pedido, como se se tratasse de uma sentença irrevogável, e, inclinando-se um pouco, ao mesmo tempo indulgentes e desdenhosas, entregavam à pessoa o tíquete e o troco. Uma vez de posse do bilhete, que nesse meio-tempo já parecia uma questão de vida ou morte, a pessoa tinha de lutar para abrir caminho pela multidão e chegar ao meio da cantina, onde os funcionários masculinos desse enorme estabelecimento gastronômico, postados atrás de um balcão circular, encaravam com mortal desprezo o povo que se acotovelava e executavam seu trabalho com tal serenidade que, diante do pânico geral, davam a impressão de estar num filme em câmera lenta. Com suas jaquetas de linho branco recém-engomadas, esse impassível grupo de garçons, tal como suas irmãs, mães e filhas atrás dos caixas, parecia uma peculiar companhia de seres superiores que, segundo um sistema obscuro, realizava o julgamento de uma raça corrompida por avidez endêmica, impressão que era reforçada pelo fato de que o balcão chegava apenas até mais ou menos a cintura desses homens imponentes vestidos de branco, que se encontravam obviamente sobre uma plataforma elevada no interior do círculo, ao passo que batia nos ombros, quando não no queixo, de quem estivesse do lado de fora. O pessoal de serviço, de resto tão contido, tinha um jeito de assentar os copos, pires e cinzeiros sobre a superfície de mármore do balcão com tamanha veemência que parecia determinado a por pouco não espatifá-los. Meu cappuccino foi servido, e por um breve instante senti que, com essa distinção, eu alcançara a vitória até então mais importante de minha vida. Respirando aliviado, olhei ao redor e logo reconheci meu erro, pois os circunstantes, como agora eu notava, apresentavam-se como um vasto círculo de cabeças decepadas. Não teria me surpreendido, aliás teria me parecido justificado, mesmo ao expirar, se um dos garçons de peito engomado as tivesse varrido da superfície lisa do mármore com um calculado movimento de braço e todas elas, essas cabeças decepadas, a minha inclusive, caíssem numa vala comum, já que cada uma dessas cabeças estava concentrada única e exclusivamente em sorver e tragar algo, bem se poderia dizer, até o derradeiro instante. Vítima de tais observações desagradáveis e, como eu era obrigado a admitir, de tais idéias abstrusas, tive de repente a sensação de que, no círculo desses espectros que tomavam seu café-da-manhã absortos em si mesmos, eu atraíra a atenção de alguém, e de fato dei com dois pares de olhos voltados para mim. Aqueles a quem pertenciam estavam encostados no balcão à minha frente. Um com o queixo apoiado na palma da mão direita, o outro na palma da mão esquerda. Tal como a sombra de uma nuvem sobre o campo, assim também pairou sobre mim o receio de que os dois jovens, que agora me olhavam de fato, e não só na minha imaginação, já haviam cruzado meu caminho mais de uma vez desde a minha chegada a Veneza, e estavam também entre os clientes no bar da Riva onde eu conhecera Malachio. Os ponteiros do relógio avançaram para perto das dez e meia. Terminei meu cappuccino, saí à plataforma, olhando de vez em quando sobre os ombros, e embarquei no trem com destino a Milão a fim de seguir até Verona, como era minha intenção.

Em Verona, aluguei um quarto na Pomba de Ouro e fui em seguida, como era um velho hábito meu, ao Giardino Giusti.

GIARDINO GIUSTI
VERONA

BIGLIETTO D'INGRESSO

№ 52314

Lá passei as primeiras horas da tarde, deitado em um banco de pedra sob um cedro. Escutei o vento roçando de lá para cá os galhos e o som delicado do jardineiro limpando com ancinho as trilhas de cascalho entre as sebes baixas de arbustos, cujo aroma suave ainda enchia o ar, mesmo no outono. Fazia tempo que não me sentia tão bem. Contudo, acabei me levantando. Ao sair do jardim, observei por uns instantes um par de pombas turcas brancas que várias vezes subiam alto nos ares acima das copas com umas poucas batidas de asas vigorosas, pairavam por uma pequena eternidade nas alturas azuis e então, mergulhando com um gorgolejo apenas audível de suas goelas, planavam céu abaixo, sem elas próprias se mexerem, em arcos amplos ao redor dos belos ciprestes, dos quais um ou outro talvez já estivesse ali havia mais de duzentos anos. Seu verde perene — isso me lembrou os teixos nos adros do condado inglês onde moro. Os teixos crescem ainda mais devagar que os ciprestes. Em dois centímetros e meio de madeira de teixo não é raro encontrar mais de cem anéis anuais, e existem árvores, dizem, que duram um bom milênio e que aparentemente se esqueceram da morte. Tornei ao átrio, lavei o rosto e as mãos, como já fizera ao entrar, na fonte disposta em nicho no muro do jardim coberto de hera, lancei um último olhar para o jardim e retribuí, dirigindo-me à saída, a saudação

da porteira, que me acenou com a cabeça de sua guarita escura. Passando pela Ponte Nuovo, pela Via Nizza e pela Via Stelle, desci até a Piazza Bra. Ao entrar na arena, tive de repente a sensação de estar enredado em alguma intriga obscura. A arena estava vazia, a não ser por um grupo de turistas temporões aos quais um guia de seus bons oitenta anos de idade, se não mais, descrevia a singularidade da construção com uma voz já fina e quebradiça. Olhei das fileiras mais altas, às quais havia subido, para o grupo lá embaixo, que agora parecia bem pequeno. O velho, que não devia medir mais que um metro e vinte, usava uma jaqueta muito grande para ele, e, como era corcunda e caminhava bastante curvado para a frente, a bainha chegava até o chão. Com notável clareza, talvez com mais clareza do que aqueles ao seu redor, ouvi-o dizer que na arena se podia escutar, *grazie a un'acustica perfetta, l'assolo più impalpabile di un violino, la mezza voce più eterea di un soprano, il gemito più intimo di una Mimi morente sulla scena*. Os turistas mostravam-se pouco impressionados com o entusiasmo por arquitetura e ópera do guia decrépito, que, encaminhando-se para a saída, acrescentava ainda isso ou aquilo ao seu agradável relato, detinha-se aqui e acolá e voltava-se para o grupo, que também se detivera, erguendo o dedo indicador da mão direita como um minúsculo professor de ginásio que confronta um bando de crianças uma cabeça mais altas do que ele. Agora a luz incidia bem baixa sobre a borda da arena, e fiquei sentado longamente depois que o velho e sua platéia deixaram o teatro, sozinho, rodeado pelo bruxuleio vermelho do mármore, ou pelo menos assim eu pensava, pois somente após um bom tempo me dei conta das duas figuras sentadas na sombra profunda do outro lado da arena de pedra. Não havia dúvida, eram os mesmos dois jovens que de manhã cedo estiveram de olho em mim na Ferrovia em Veneza. Feito duas sentinelas, permaneceram imóveis em seus postos, até que a luz se dissipou por completo. Então se levantaram, e tive a impressão de que ambos se cumprimentaram com uma mesura antes de descer as fileiras e desaparecer na escuridão da saída. De início não fui capaz de me mexer do lugar, tão agourentos me pareciam esses encontros provavelmente de todo fortuitos. Eu já podia me ver sentado na arena durante a noite inteira, paralisado de medo e de frio. Tive de reunir todas as minhas faculdades racionais para finalmente ser capaz de me erguer e me dirigir à saída. Quando estava a meio caminho, tive a visão compulsiva de uma flecha sibilando pelo ar cinza, prestes a atingir minha omoplata esquerda e cravar-se no meio do meu coração com um ruído peculiarmente nauseante.

Nos dias que se seguiram, ocupei-me quase exclusivamente com minhas pesquisas sobre Pisanello, em razão do qual me decidira a viajar para Verona. As pinturas de Pisanello tinham despertado em mim já havia muitos anos o desejo de abrir mão de tudo, menos da visão. Não é apenas o realismo de sua arte, altissimamente desenvolvido para a época, o que me atrai em Pisanello, mas a maneira como consegue criar o efeito do real sem sugerir profundidade, numa superfície basicamente rasa, na qual a todos — a protagonistas e coadjuvantes, aos pássaros no céu, à floresta verde e a cada uma de suas folhas — é concedido igual e pleno direito de existir. Foi essa simpatia de longa data por Pisanello que me levou mais uma vez à Chiesa Sant'Anastasia para ver o afresco que ele pintara acima da entrada da capela dos Pellegrini em 1435. A capela dos Pellegrini, no transepto esquerdo da igreja, hoje não existe mais como tal. Nas arcadas foi instalado um tapume de madeira toscamente pintado de marrom e guarnecido de uma porta atrás da qual se encontra agora o retiro da sacristã, quando não o próprio aposento em que ela mora. De todo modo, foi nesse tabique que a sacristã, uma mulher acabrunhada e que já quase definhara à força dos longos anos de silêncio e solidão, desapareceu sem uma palavra após ter aberto o pesado portal com tachões de ferro pouco depois das quatro da tarde e ter avançado vacilante diante de mim, o único visitante, pela nave da igreja como se fosse uma sombra. Durante o tempo que passei observando o afresco, ela aparecia várias vezes a intervalos regulares, como se fizesse um circuito perpétuo, e afastava-se um pouco, escuridão adentro, para em seguida, completando sua órbita, tornar a visitar sua toca. Pouquíssima luz solar penetra o transepto da Sant'Anastasia. Mesmo na tarde mais clara, prevalece ali o mais profundo crepúsculo. Só vagamente, portanto, é possível reconhecer a obra de Pisanello acima da arcada da antiga capela. Mas inserindo uma moeda de mil liras em uma caixa de metal pode-se iluminá-la por certo tempo, que às vezes parece muito longo e às vezes breve demais. Então se pode ver nitidamente são Jorge, que se apresta para combater o dragão e se despede da *principessa*. Tudo o que resta da metade esquerda da pintura é o monstro algo impreciso com dois filhotes ainda sem asas de sua ninhada. Alguns ossos e esqueletos, restos dos animais e homens sacrificados para aplacar o dragão, acham-se espalhados ao redor. Mas o vazio no qual o fragmento transborda ainda deixa entrever, como antes, o terror que encheu os habitantes da cidade palestina de Lydda, segundo a lenda. A porção direita do afresco, a outra parte principal, está praticamente intacta. Uma paisagem de caráter mais nórdico eleva-se (a palavra corresponde à natureza da representação) no céu azul. Numa enseada, um navio com velas pandas é o único objeto da composição posto a distância. Todo o resto é do presente e deste mundo, o terreno ondulado, os campos arados, as sebes e colinas, a cidade com seus telhados, suas torres e ameias, e — um tema favorito da época — o cadafalso, cujo enforcado que balança de lá para cá empresta à cena uma vivacidade própria. Arbustos, moitas e folhagens são pintados da forma mais minuciosa, e com todo o carinho também os animais, aos quais Pisanello sempre dedicou a máxima atenção: a cegonha que voa para o interior, os cães, o carneiro e os cavalos dos sete cavaleiros, entre os quais se acha um arqueiro calmuco com uma expressão dolorosamente intensa no rosto. No centro da pintura está a *principessa* com um vestido de plumas e San Giorgio, de cuja armadura a prata descascou, mas o brilho de seus cabelos rubro-dourados ainda o envolve. É espantoso como Pisanello logrou contrastar os olhos saltados do cavaleiro varonil,

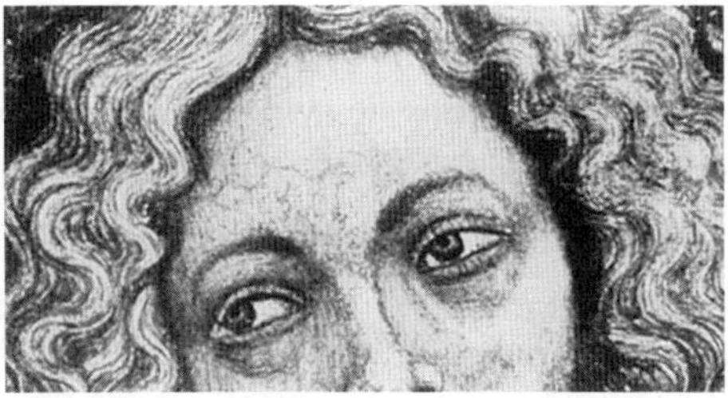

que já se afastam de lado para a tarefa pesada e sangrenta que o aguarda, com o recato do olho feminino, sugerido apenas pela prega inferior da pálpebra, baixada da forma mais insignificante.

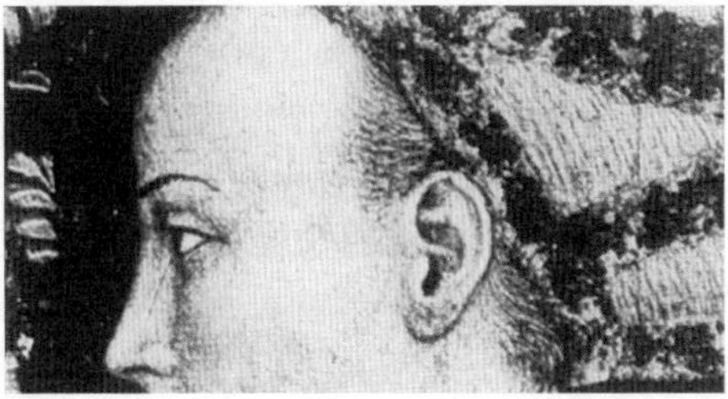

No terceiro dia de minha visita a Verona, parei para jantar por acaso em uma pizzaria na Via Roma. Não sei de que maneira escolho os restaurantes onde como em cidades estranhas. De um lado, sou muito exigente e ando de cima para baixo por ruas e avenidas antes de me decidir; de outro lado, acabo em geral por entrar a esmo em qualquer lugar e ali, num ambiente lúgubre e com sensação de mal-estar, peço um prato que não me agrada em absoluto. Foi o que aconteceu naquela noite de 5 de novembro. Se eu tivesse dado ouvidos ao que dizia meu instinto, nunca teria cruzado a soleira daquele estabelecimento, que mesmo de fora dava uma impressão de má fama. Mas lá estava eu agora, sentado numa cadeira de cozinha com assento de plástico vermelho marmóreo, diante de uma mesinha bamba num antro ornamentado com redes de pescador. O revestimento do piso e das paredes era de um horripilante azul-marinho que extinguiu em mim toda esperança de avistar novamente terra firme. A sensação de estar rodeado de água por todos os lados era rematada por uma vista do mar pendurada logo abaixo do teto à minha frente, numa moldura pintada de bronze dourado. Como costuma ser o caso em tais marinhas, essa retratava um navio na crista de uma onda verde-turquesa coroada com espuma nívea, prestes a mergulhar no abismo que se escancara sob sua proa. Era sem dúvida o momento imediatamente anterior à catástrofe. Uma crescente sensação de mal-estar tomou conta de mim. Fui obrigado a afastar o prato com a pizza comida pela metade e me segurar ao canto da mesa, como uma pessoa mareada se segura à balaustrada. Senti um suor frio na testa, mas fui incapaz de chamar o garçom e pedir a conta. Em vez disso, para pôr a realidade novamente em foco, tirei do bolso da jaqueta o jornal que comprara naquela tarde, o *Gazzettino* de Veneza, e o estendi sobre a mesa o melhor que pude. O primeiro artigo que chamou minha atenção foi um editorial com a informação de que no dia anterior, 4 de novembro, uma carta em estranha caligrafia rúnica havia sido recebida pelo periódico, na qual um grupo até então desconhecido chamado

ORGANIZZAZIONE LUDWIG

assumia a responsabilidade por uma série de assassinatos cometidos em Verona e outras cidades do norte da Itália desde 1977.

O artigo trazia à memória dos leitores esses casos não esclarecidos. No final de agosto de 1977, o cigano Guerrino Spinelli havia morrido em um hospital de Verona, vítima de queimaduras graves que sofrera quando o velho Alfa-Romeo no qual costumava pernoitar no subúrbio da cidade foi incendiado por desconhecidos. Um bom ano mais tarde, o garçom Luciano Stefanato é encontrado morto em Pádua com duas facas de cozinha de vinte e cinco centímetros na nuca, e um ano mais tarde o jovem de vinte e dois anos Claudio Costa, viciado em heroína, é assassinado com trinta e nove facadas. Agora era o final do outono de 1980. O garçom me traz a conta. Está dobrada, eu a abro. Letras e números somem diante dos meus olhos. Cinco de novembro de 1980. Via Roma. Pizzeria Verona. Di Cadavero Carlo e Patierno Vittorio. Patierno e Cadavero...

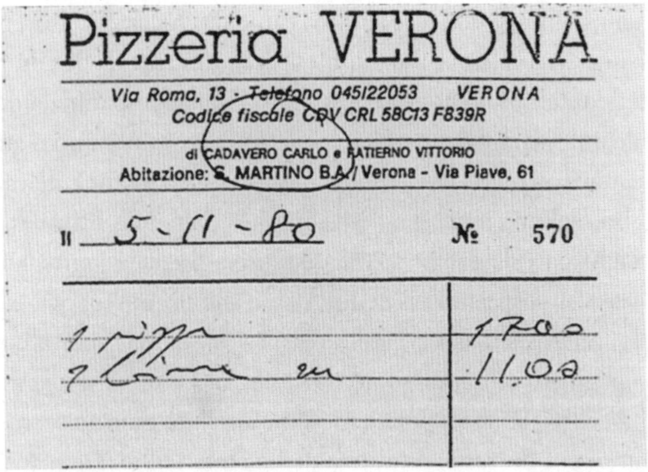
Pizzeria VERONA
Via Roma, 13 - Telefono 045/22053 VERONA
Codice fiscale CDV CRL 58C13 F839R
di CADAVERO CARLO e PATIERNO VITTORIO
Abitazione: S. MARTINO B.A. / Verona - Via Piave, 61
Il 5-11-80 № 570
1700
1100

O telefone toca. O garçom enxuga um copo e o segura contra a luz. Só quando sinto que não vou mais agüentar a campainha, ele atende. Então, com o aparelho apertado contra o ombro e a cabeça inclinada, ele caminha de lá para cá atrás do balcão, até onde lhe permite o fio. Na sua vez de falar ele pára e dirige o olhar para o teto. Não, diz, Vittorio não estava. Tinha saído para caçar. Claro, era ele mesmo, Carlo. Quem mais seria? Quem mais estaria no restaurante, a não ser ele? Não, ninguém. O dia inteiro. E mesmo agora só um único cliente. *Un inglese*, diz, e olha para mim com certo desprezo, ou assim me parece. Também, pudera. Os dias já estavam ficando curtos. Agora vinha a época das vacas magras. *L'inverno è alle porte. Sì, sì, l'inverno*, grita outra vez e torna a olhar para mim. Meu coração dá um pulo. Deposito dez mil liras no pratinho, recolho o jornal às pressas, saio precipitado à rua, corro até a praça, lá entro em um bar bem iluminado, peço para chamarem um táxi, volto para o hotel, arrumo minhas coisas com toda pressa e fujo no trem noturno para Innsbruck. Preparado para o pior, sento-me no meu compartimento incapaz de ler alguma coisa e incapaz também de fechar os olhos, e fico escutando o ritmo das rodas. Em Rovereto, embarca uma velha senhora tirolesa com uma sacola de compras feita de retalhos de couro costurados. Está acompanhada do filho de uns quarenta anos. Fico imensamente grato a ambos quando sentam ao meu lado, embora o vagão esteja totalmente vazio. O filho reclinou a cabeça no assento. As pálpebras baixadas, ele sorri feliz da vida a maior parte do tempo. Só de vez em quando lhe vem um espasmo no peito. A mãe lhe faz então, para acalmá-lo, alguns sinais na palma da mão esquerda, aberta como uma página em branco sobre o colo dela. O trem avança montanha acima. Pouco a pouco me sinto melhor. Saio ao corredor. Estamos em Bolzano. A tirolesa desce com o filho. De mãos dadas, os dois seguem na direção da passagem subterrânea. Antes mesmo que sumam de vista, o trem torna a partir. Agora começa a ficar sensivelmente mais frio. A viagem é lenta, as luzes rareiam, e a escuridão se aprofunda. A estação de Franzensfeste passa. Vejo cenas de uma guerra distante. Conquista do desfiladeiro — Vall'Inferno — 26 de maio de 1915. Rajadas de fogo nas montanhas, e uma floresta devastada a tiros. Riscas de chuva tracejam a janela. O trem muda de via em uma agulha. O brilho pálido das lâmpadas de arco voltaico banha o compartimento. Paramos em Brenner. Ninguém desce e ninguém sobe. Os guardas de fronteira com seus capotes cinza vão de lá para cá na plataforma. A parada dura pelo menos um quarto de hora. Do lado de lá estão as fitas prateadas dos trilhos. A chuva vira neve. E um silêncio pesado paira sobre o local, rompido somente pelo bramido de animais anônimos que aguardam seguir viagem em alguma linha de manobra. A noite dura muito mais que o intervalo do dia, e ninguém mais sabe quando foi o equinócio.

No verão de 1987, sete anos depois dessa fuga de Verona, cedi finalmente à necessidade que sentia havia tempo de refazer a viagem de Viena a Verona passando por Veneza, a fim de examinar mais de perto as lembranças vagas que tinha daqueles dias turbulentos e talvez registrar por escrito algumas delas. O trem noturno de Viena a Veneza, no qual em fins de outubro de 1980 eu não vira ninguém exceto uma professora primária neozelandesa, estava agora, no meio da temporada de férias, tão lotado que tive de ficar a viagem inteira de pé no corredor ou acocorado em diversas posições extremamente desconfortáveis entre malas e mochilas empilhadas por todo lado, e disso resultou que, em vez de pegar no sono, fui pego pelas minhas lembranças. Melhor dizendo, as lembranças, ou pelo menos assim me parecia, subiam mais e mais alto em algum espaço externo a mim e então, ao atingirem determinado nível, transbordavam sobre mim do alto desse espaço no qual se adensavam, como água do alto de uma barragem. O tempo durante o qual tomei minhas notas passou mais rápido do que eu jamais imaginaria possível, e só voltei a mim quando o trem avançava lentamente de Mestre sobre a via elevada, atravessando a laguna que se estendia à esquerda e à direita no brilho da noite. Em Santa Lucia, fui um dos últimos a descer e com vagar, a mala de lona azul como sempre no ombro, caminhei pela plataforma até o saguão, onde um verdadeiro exército de turistas acampava em sacos de dormir sobre colchões de palha e sobre o assoalho de pedra luzente, estendidos colados uns aos outros como um povo estranho em seu caminho pelo deserto. Lá fora também, no átrio, inúmeros rapazes e moças estavam deitados em grupos, aos pares ou sozinhos, nos degraus e por todo canto. Sentei-me na Riva e peguei de volta meu material de escrita, o lápis e o elegante papel pautado. A aurora vermelha rompia sobre os telhados e cúpulas a leste da cidade. Aqui e ali se mexiam alguns dos que dormiam no piso plano onde haviam pernoitado, erguiam o tronco e começavam a remexer em seus pertences, mordiscavam e bebericavam alguma coisa e depois tornavam a acondicionar tudo com cuidado. Daí a pouco, curvados sob mochilas que muitas vezes eram uma cabeça inteira mais altas que eles, vários já se movimentavam entre seus irmãos e irmãs ainda deitados no chão, como se tivessem de se preparar para as dificuldades da próxima etapa de uma viagem sem fim.

Fiquei sentado na Fondamenta Santa Lucia até o meio da manhã, ocupado com minhas anotações. O lápis corria fácil pelo papel, e de vez em quando um galo cantava da sua gaiola no balcão de uma casa do outro lado do canal. Quando tornei a erguer a vista do meu trabalho, as sombras dos que dormiam no átrio da estação haviam todas desaparecido ou evaporado, e o tráfego da manhã começara. A certa altura passou uma barcaça carregada de montanhas de lixo, sobre a qual uma ratazana enorme correu pela borda e se atirou de cabeça na água. Não sei se foi essa imagem que me fez tomar a decisão de não continuar em Veneza, mas seguir sem demora para Pádua e lá visitar a capela de Enrico Scrovegni, da qual eu conhecia até ali apenas uma descrição em que se falava da força ainda vibrante das cores dos afrescos de Giotto e da certeza sempre atual que governa cada passo, cada feição das figuras neles representadas. Quando então entrei no interior da capela, vindo do calor que nesse dia oprimia a cidade já nas primeiras horas da manhã, e me vi de fato diante das quatro fileiras de afrescos que recobrem as paredes do chão até o teto, o que mais me admirou foi o lamento silencioso erguido havia quase sete séculos pelos anjos que pairam sobre a infinita desventura. Esse lamento ressoava com estrondo no silêncio do recinto. Em sua dor, porém, os próprios anjos haviam franzido de tal modo as sobrancelhas que se poderia supô-los de olhos vendados. E não são suas asas brancas, pen-

sei comigo, com aquelas poucas pinceladas verde-claro de terra veronesa, o mais maravilhoso de tudo aquilo que jamais concebemos? *Gli angeli visitano la scena della disgrazia* — com estas palavras nos lábios retornei pelo tráfego ensurdecedor à estação, que não fica longe da capela, a fim de pegar o primeiro trem para Verona, onde esperava descobrir algo não só sobre minha própria estada nessa cidade sete anos antes, interrompida de maneira tão abrupta, mas também sobre a tarde inconsolável, como ele próprio relata, que o dr. Kafka passou em Verona em setembro de 1913, no seu trajeto de Veneza ao lago de Garda. Depois de pouco mais de uma hora de viagem cheia de vento — a paisagem brilhava pelas janelas abertas — a Porta Nuova expôs-se à vista, e, quando observei a cidade aninhada no semicírculo das montanhas, me vi impossibilitado de descer. Para meu próprio espanto, que não foi pequeno, permaneci sentado no meu lugar, incapaz de me mexer, e, quando o trem deixou Verona e o guarda veio novamente pelo corredor, pedi-lhe um bilhete suplementar até Desenzano, onde, como eu sabia, em 21 de setembro de 1913, um domingo, o dr. Kafka, tomado pela singular felicidade de saber que ninguém suspeitava onde ele estivesse naquele momento, mas de resto profundamente desolado, deitara-se sozinho na grama da beira do lago e observara as ondas nos caniços.

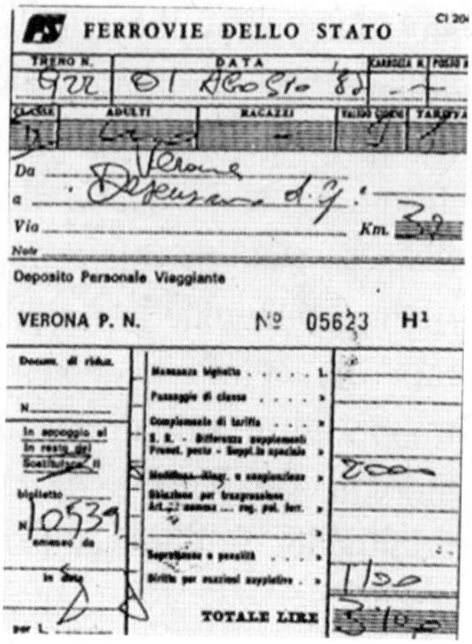

A estação ferroviária de Desenzano, que não terá sido terminada muito antes de 1913 e que, pelo menos por fora, não mudara muito desde então, estava deserta no sol de meio-dia quando, após o que me pareceu uma eternidade, o trem que se afastava encolheu ao tamanho de um ponto de fuga no oeste. Acima dos trilhos, que corriam em direção ao horizonte até onde alcançava a vista, o ar tremulava. Ao sul estendiam-se os campos abertos. O próprio edifício da estação, embora deserto, causava uma impressão explícita de conveniência. Gravados em letras elegantes no vidro das clarabóias sobre as portas que davam para a plataforma estavam os nomes oficiais do pessoal da estação. *Capo*

stazione titolare. Capo di stazione superiore. Capi stazione aggiunti. Manovratori manuali. Aguardei na expectativa de que pelo menos um representante dessa hierarquia arcaica, digamos o chefe de estação com um monóculo cintilante ou um carregador com bigode basto e avental longo, emergisse de uma das portas e me cumprimentasse, mas nada se mexeu. O interior do edifício também estava vazio. Subi e desci escadas durante algum tempo até encontrar o mictório, no qual quase nada havia sido modificado desde o início do século, tal como no restante do prédio. Os cubículos de madeira verde-oliva, as pesadas pias de louça, os azulejos brancos estavam envelhecidos, lascados e cobertos de trincas capilares, é verdade, mas de resto permaneciam os mesmos, a não ser pelos inúmeros grafites, que datavam todos dos últimos vinte anos. Ao lavar as mãos, olhei no espelho e me perguntei se o dr. Kafka, que, vindo de Verona, tivera igualmente de descer nessa estação, não contemplara também seu rosto naquele espelho. Não seria de admirar. E um dos grafites ao lado do espelho parecia, aliás, sugeri-lo. *Il cacciatore*, lia-se em letra rabiscada. Depois de secar as mãos, acrescentei as palavras *nella selva nera*.

Fiquei então sentado cerca de meia hora num banco no átrio da estação e bebi um café expresso e uma água. Era bom sentar na sombra, em paz no meio do dia. A não ser por alguns taxistas que escutavam rádio no carro e tiravam uma pestana, não havia ninguém à vista. A certa altura encostou um *carabiniere*, parou a viatura em local proibido na frente da entrada e sumiu no interior da estação. Ao tornar a aparecer logo em seguida, todos os taxistas saíram dos carros como se a um sinal, cercaram o policial baixote e um tanto franzino, que talvez conhecessem ainda da escola, e lhe repreenderam a maneira ilegal de estacionar o carro. Mal acabava um de falar, outro já começava. O *carabiniere* não tinha como tomar a palavra, e mesmo quando tentava os demais logo a cortavam. Indefeso, e até com certo pânico nos olhos, ele mirava os indicadores acusatórios apontados contra seu peito. Mas, como toda a pantomima foi concebida por parte dos taxistas apenas como uma espécie de comédia para espantar o tédio, a vítima, a cujo feitio esse interrogatório ia visivelmente contra, não pôde objetar nada de sério, nem mesmo quando começaram a apontar defeitos em sua postura e a arrumar seu uniforme, sacudindo com toda solicitude o pó do colarinho e endireitando a gravata, o quepe e até o cós da calça. Por fim, um dos taxistas abriu a porta da viatura, e o guardião da lei, sua dignidade gravemente arranhada, não teve opção a não ser sentar ao volante e arrancar cantando os pneus, fazendo a volta da rotunda para descer a Via Cavour. Os taxistas lhe acenaram adeus e continuaram por ali muito depois que o perderam de vista, evocando de forma burlesca esse ou aquele trecho da comédia, sem se agüentarem de tanto rir.

Pontualmente à uma e quinze chegou o ônibus azul que eu pretendia tomar para Riva. Logo embarquei e me sentei em um dos bancos de trás. Alguns outros passageiros também subiram. Em parte gente da região, em parte turistas como eu. Pouco antes de o ônibus partir, à uma e vinte e cinco, embarcou um jovem de cerca de quinze anos que guardava a mais inquietante semelhança que se pode imaginar com as fotos de Kafka quando estudante adolescente. E, como se isso não bastasse, o jovem tinha ainda um irmão gêmeo que, até onde pude constatar em meu estado de perplexidade, era igualzinho a ele, sem tirar nem pôr. Em ambos o contorno do couro cabeludo avançava fundo na testa, e tinham os mesmos olhos escuros e sobrancelhas espessas, as mesmas orelhas grandes e desiguais, com lóbulos grudados ao pescoço. Estavam acompanhados dos pais e tomaram assento ainda mais atrás de mim. O ônibus deu partida e desceu a Via Cavour. Os galhos das árvores alinhadas na avenida roçavam o teto. Meu coração pulou, e uma sensação de vertigem se apoderou de mim como costumava acontecer na minha infância, quando em qualquer viagem de carro eu me sentia mal. Apoiei a cabeça de lado na moldura da janela, contra o vento, e durante um longo tempo não me atrevi a olhar ao redor. Somente quando Salò havia ficado bem para trás e nos aproximávamos de Gargnano, fui capaz de vencer o medo em meus membros e olhar para trás sobre o ombro. Os dois garotos não tinham desaparecido, como em parte eu temia e em parte eu esperava, mas estavam semi-ocultos atrás de um jornal aberto, o *Siciliano*. Quando pouco depois, reunindo toda a minha coragem, tentei entabular uma conversa com eles, reagiram apenas com um estúpido sorriso amarelo um para o outro. E tampouco tive sucesso quando me aproximei dos "senhores seus pais", como me ficara na memória, um casal extremamente reservado que já seguia com crescente preocupação minhas estranhas investidas sobre seus filhos, a fim de esclarecer a natureza do meu interesse nesses dois garotos que não paravam de dar risinhos abafados. A história que lhes contei de um *scrittore ebreo* da cidade de Praga que estivera no balneário de Riva no mês de setembro de 1913 e em sua juventude tivera exatamente — *esatto, esatto*, ouço-me repetindo em desespero várias vezes — a mesma aparência dos seus dois filhos, que de tempo em tempo davam uma espiada maliciosa detrás do *Siciliano*, essa história lhes pareceu, como pude inferir dos seus gestos, de longe a coisa mais incompreensível e desatinada que já haviam escutado. Quando por fim, para dissipar toda suspeita que talvez nutrissem em relação à minha pessoa, eu disse que já me bastaria se eles me enviassem à Inglaterra, sem revelar seus nomes ou seu endereço, uma foto dos filhos assim que voltassem de férias para a casa na Sicília, ficou absolutamente claro para eles, como pude notar, que eu não podia ser outra coisa senão um pederasta inglês viajando pela Itália para seu chamado deleite íntimo. Deram-me a entender claramente que não consentiriam em hipótese alguma com minha sugestão impertinente e que eu deveria retornar ao meu assento sem mais demora. Caso contrário, pude pressentir, estariam dispostos a parar o ônibus no vilarejo seguinte e entregar às autoridades o passageiro importuno. Grato a cada túnel que tínhamos de atravessar na íngreme margem ocidental do lago de Garda, permaneci imóvel no meu lugar dali em diante, repleto de sensações do mais extremo embaraço e também de uma raiva impotente pelo fato de que agora eu não teria nenhuma prova a apresentar dessa coincidência altamente improvável. Ouvia sem parar o risinho abafado dos dois garotos às minhas costas, e isso começou a me aborrecer de tal forma que, no fim, quando o ônibus parou em Limone sul Garda, baixei minha mala do bagageiro e desci.

Deviam ser perto das quatro da tarde quando, abatido e cansado da longa viagem de Viena a Pádua via Veneza e depois até Limone, durante a qual não preguei os olhos, entrei no Hotel Sole na beira do lago, que nessa hora do dia estava deserto. Um turista solitário estava sentado no terraço sob um guarda-sol, e lá dentro, no escuro atrás do balcão, estava a proprietária, Luciana Michelotti, também sozinha, remexendo absorta uma colherinha de prata numa xícara de café expresso que acabara de beber. Naquele dia, que, como eu soube mais tarde, era seu aniversário de quarenta e quatro anos, essa mulher que me ficou na lembrança como resoluta e cheia de vida dava uma impressão melancólica, para não dizer inconsolável. Com manifesta lentidão ela tratou do meu registro, folheando meu passaporte, talvez admirada com o fato de termos a mesma idade, comparando várias vezes meu rosto com a fotografia e parando uma vez para olhar longamente nos meus olhos, até que por fim trancou com cuidado o documento em uma gaveta e me entregou a chave do quarto. Eu planejava passar vários dias, escrever um pouco e descansar outro tanto. Nas primeiras horas da noite, depois de arranjar um barco apropriado com a ajuda de Mauro, filho de Luciana, remei um bom trecho lago adentro. No lado oeste, tudo já afundava nas sombras que desciam em ondas do paredão escarpado do Dosso dei Róveri como cortinas escuras, e também do outro lado, na margem leste, o brilho da noite subia cada vez mais alto, até que em breve só se podia ver o fraco clarão rosa chamejante sobre o pico do Monte Altissimo. Os ruídos noturnos que nesse meio-tempo haviam se erguido dos alto-falantes nos terraços de hotel, nos bares e nas discotecas de Limone chegavam até mim apenas como um abafado rumor pulsante e pareciam um incômodo à-toa comparados com a pujança da enorme e silenciosa parede de sombra, que se alçava tão alta e abrupta atrás das luzinhas trêmulas do vilarejo que pensei que ela se inclinava contra mim e poderia desmoronar no lago a qualquer momento. Acendi a luz do barco e tornei a remar, meio em direção à margem oeste, meio contra a brisa que de noite sopra do norte sobre o lago. Chegando à sombra profunda da parede rochosa, guardei os remos dentro do barco. Lentamente fui levado então de volta rumo ao cais. Apaguei a lâmpada na popa, deitei-me no barco e observei as alturas, onde as estrelas surgiam detrás das rochas em tal profusão que pareciam não encontrar mais espaço e tocar umas nas outras. De tanto remar, eu sentia o sangue nas mãos. O barco passou pelos terraços dos jardins abandonados, nos quais outrora se plantavam limoeiros. As pilastras quadradas de pedra ainda estavam lá na escuridão e escalavam a encosta em degraus. Vigas robustas eram postas sobre essas pilastras no passado, e no inverno esteiras eram estendidas sobre as vigas, para proteger do frio as árvores de folhagem verde.

Era por volta de meia-noite em Limone quando voltei ao cais e segui a pé para o hotel, toda a gente de férias nas ruas, em pares ou em família. Um único e colorido aglomerado humano se arrastava como uma espécie de cortejo ou procissão pelas ruas estreitas do vilarejo, comprimidas entre o lago e a parede rochosa. Seus rostos queimados e pintados, que vacilavam sobre os corpos entrelaçados uns aos outros, eram os de autênticos fantasmas. Pareciam tristes, todos, obrigados a vagar as ruas, noite após noite. De volta ao hotel, deitei-me na cama e cruzei os braços sob a cabeça. Dormir estava fora de cogitação. Do terraço subia o barulho da música e a confusão de vozes dos hóspedes, grande parte já bêbada, tratando-se quase exclusivamente, como pude constatar com desgosto, dos meus antigos compatriotas. Ouvi suábios, francônios e bávaros falando as coisas mais indizíveis, e, se esses dialetos que se divulgavam sem a menor cerimônia já me eram repugnantes, era um verdadeiro tormento ser obrigado a escutar as opiniões e as piadas proferidas aos berros por um grupo de jovens da minha cidade natal. Aliás, durante essas horas de insônia, não houve coisa que eu desejasse com mais ardor do que pertencer a uma nação diferente, ou, melhor ainda, não pertencer a nenhuma. Por volta das duas da manhã a música foi desligada, mas os gritos e fiapos de conversa só se dissiparam quando a primeira barra cinza do dia se mostrou sobre as alturas da margem oposta. Tomei umas duas aspirinas e adormeci quando as dores atrás da testa começaram a ceder como a umidade escura cede à areia que clareia lentamente após a maré alta.

Dois de agosto foi um dia tranqüilo. Sentei-me a uma mesa perto da porta aberta do terraço, papéis e notas espalhados ao meu redor, traçando correspondências entre acontecimentos muito distantes entre si, mas que me pareciam parte da mesma ordem. A escrita fluía com uma facilidade que surpreendeu a mim mesmo. Linha após linha eu enchia as folhas do bloco pautado que trouxera de casa. Luciana, que trabalhava atrás do balcão, não parava de me olhar de esguelha, como se quisesse se certificar de que eu não perderia o fio da meada. Ela me trazia também a intervalos regulares, como eu lhe havia pedido, um café expresso e um copo d'água. De vez em quando também um sanduíche tostado, embrulhado em um guardanapo de pano. Costumava então parar ao meu lado por uns instantes e entabular uma pequena conversa, durante a qual sempre deslizava os olhos pelas páginas escritas. Uma vez me perguntou se eu era jornalista ou escritor. Quando respondi que nem uma coisa nem outra correspondiam inteiramente à verdade, ela quis saber o que eu escrevia naquele momento, ao que lhe respondi com toda sinceridade que eu próprio não sabia direito, mas que tinha a crescente sensação de que se tratava de um romance policial. Pelo menos a história se passava no norte da Itália, em Veneza, Verona e Riva, e girava em torno de uma série de crimes sem solução e do reaparecimento de uma pessoa que sumira havia tempos. Luciana me perguntou se Limone também aparecia na história, e respondi que não só Limone aparecia na história, mas também o hotel e até mesmo ela própria. Dito isso, ela voltou rápido para trás do balcão, onde tocou seu trabalho com a precisão distraída que lhe era peculiar. Ora fazia um cappuccino ou um chocolate, ora servia uma cerveja ou um copo de vinho ou de groselha para um dos poucos hóspedes que passavam o dia sentados no terraço. Vez por outra fazia lançamentos em um grande livro comercial, a cabeça inclinada para o lado, e quem a visse assim diria que era ainda uma colegial. Com mais e mais freqüência eu me sentia impelido a olhar para ela, e sempre que nossos olhares se encontravam ela ria como de um engano bobo. Na parede atrás do bar, entre as fileiras coloridas e cintilantes de garrafas de bebida, havia um espelho grande, de modo que eu era capaz de observar tanto Luciana quanto o reflexo de Luciana, o que me encheu de uma curiosa satisfação.

Por volta do meio-dia, os hóspedes desapareceram do terraço, e Luciana também deixou seu posto. A escrita agora ficava cada vez mais difícil, e em breve tudo o que eu escrevesse me parecia o rabisco mais sem sentido, vazio e falso. Fiquei bastante aliviado, portanto, quando Mauro apareceu, trazendo-me os jornais que lhe pedira que arranjasse. Eram sobretudo jornais ingleses e franceses, mas havia também os italianos, o *Gazzettino* e o *Alto Adige*. Enquanto ainda lia o último deles, o *Alto Adige*, a tarde já começava a declinar. Uma brisa agitava os guarda-sóis no terraço, os hóspedes voltavam aos poucos, e de muito Luciana também já se ocupava dos seus afazeres atrás do balcão. Passei um bom tempo tentando decifrar uma notícia cujo título, FEDELI A RIVA, parecia me sugerir um enigma, embora tratasse apenas de um casal de nome Hilse, de Lünen, perto de Dortmund, que desde 1957 passava suas férias anuais no lago de Garda. Mas foi no suplemento de cultura do jornal que encontrei uma reportagem destinada a mim. Era uma breve resenha de uma peça que seria apresentada no dia seguinte em Bolzano.

rabinieri
li Selva

«Casanova al castello di Dux» in scena domani al «Comunale»

Secondo appuntamento con la prosa alla Bolzano Estate organizzata dall'assessorato alla cultura del Comune in collaborazione con il Teatro stabile. In scena un dramma recentissimo (che ha debuttato a Vienna) di un autore cecoslovacco, Karl Gassauer, della nuova generazione. S'intitola «Casanova al castello di Dux» ed è un'ennesima versione della vita del più famoso e inimitabile amatore del diciottesimo secolo.

Casanova, ormai vecchio, vive in Boemia. Siamo nel 1798 nel celebre castello di Dux, e Casanova lavora in solitudine come bibliotecario. Con lui ogni tanto conversa una fantesca, Sophie, che lentamente quasi per gioco l'amante veneziano seduce. Poi, quando la donna è pronta a cedere alle sue lusinghe, Casanova si spegne. All'improvviso.

È una specie di ironica analisi della vita matura di Casanova. Con questo criterio hanno scritto sia Hofmanstal, di cui ricordiamo a Bolzano recentemente «L'adulatore e la cantante» con Corrado Pani ed Ottavia Piccolo, e Schnitzler il cui dramma è stato presentato quest'estate al Festival delle ville vesuviane. Ma da non dimenticare il celebre film di Federico Fellini dove di Casanova anziano viene fornita una versione completamente diversa dall'immagine del latin lover che egli con le sue «Memorie» ha voluto lasciare ai posteri.

Sul palcoscenico del teatro comunale, dove s'inizia domani sera alle ore 21, sono in scena Mario Mariani, nei panni di Casanova, e Gisella Bein, in quelli di Sophie. La regia è di Dino Desiata e l'allestimento è una coproduzione fra il Gruppo della rocca, Pergine spettacolo aperto ed il Festival delle ville vesuviane.

Eu tinha acabado de ler esse pequeno artigo, sublinhando algumas partes, quando Luciana me trouxe um Fernet. De novo ela se demorou um pouco ao meu lado, olhando o jornal aberto à minha frente. *Una fantesca*, ouvi-a dizer em voz baixa, e foi como se eu sentisse sua mão no meu ombro. Raras vezes na minha vida aconteceu, pensei comigo, de eu ter sido tocado desse modo por uma mulher que eu mal conhecia, mas esse gesto inopinado sempre teve algo de impalpável e fantasmagórico, algo que sempre calou fundo no meu espírito. Lembro-me, por exemplo, que uma vez anos atrás eu estava sentado na sala de exames escura de um optometrista em Manchester e olhava através das lentes desses estranhos óculos de testes para as letras na caixa iluminada, que ora surgiam claras, ora totalmente borradas. A meu lado estava uma oculista chinesa que, como indicava um pequeno crachá no seu avental branco, tinha o maravilhoso nome de Susi Ahoi. Era extremamente lacônica, mas toda vez que se debruçava sobre mim para trocar as lentes eu sentia o frescor da solicitude que dela emanava. De quando em quando ela ajustava o pesado aparelho, e em certo momento chegou a tocar minhas têmporas, que como de costume latejavam de dor, com a ponta dos dedos, por tempo bem maior do que seria necessário, imaginei, embora fosse provavelmente apenas para posicionar melhor minha cabeça. A mão de Luciana, que, se tanto, pousou certamente no meu ombro sem querer enquanto ela se inclinava para apanhar a xícara de café e o cinzeiro da mesa, teve efeito semelhante em mim, e, como antes em Manchester, eu agora, nessa tarde em Limone, vi de repente tudo fora de foco, como através de um par de óculos não adaptados aos meus olhos.

Na manhã do dia seguinte — eu decidira afinal seguir viagem para Verona —, fiquei sabendo que meu passaporte, que Luciana guardara numa gaveta sob a mesa de recepção quando cheguei, se extraviara. A moça que fechou minha conta e que, como ela não se cansava de frisar, só servia no hotel no período da manhã, remexeu em vão todas as gavetas e todos os compartimentos. Por fim, ela foi acordar Mauro, que, após passar quinze minutos revirando tudo de cabeça para baixo e folheando cada um dos diversos passaportes mantidos na recepção sem encontrar o meu, pediu que sua mãe descesse. Luciana lançou-me um olhar demorado quando apareceu atrás do balcão, como quem dissesse que aquela era uma bela maneira de se despedir. Ao empreender a busca pelo meu passaporte perdido, ela disse que os passaportes de todos os hóspedes eram mantidos sempre na mesma gaveta e que, desde que o hotel existia, nenhum havia sido perdido. O passaporte, portanto, devia estar na gaveta, e a questão era apenas olhar, mas ele, disse ela a Mauro, nunca fora capaz de olhar, talvez porque ela, Luciana, sempre olhara por ele. Desde pequeno, se não conseguia achar uma coisa logo — um livro da escola, o estojo, a raquete de tênis, a chave da moto —, ele simplesmente dizia que não estava lá, e sempre que ela, Luciana, chegava e procurava, a coisa estava lá, sim. Mauro objetou que ela podia dizer o que quisesse, mas o passaporte tinha sumido — *spa-ri-to,* disse, sublinhando cada sílaba, como para alguém com dificuldade auditiva. *Il passaporto scomparso,* zombou Luciana. Um comentário puxava outro, e em breve a discussão acerca do meu passaporte tinha virado um verdadeiro drama familiar. O *padrone* também, em quem até essa altura eu não tinha posto os olhos e que era meia cabeça menor que Luciana, entrava agora em cena. Mauro contou toda a história desde o começo pela terceira vez, no mínimo. A funcionária ficava ali calada, alisando sem parar o avental com ar de embaraço, como se ela fosse a causa de toda aquela confusão. Luciana virara as costas e, balançando a cabeça e passando os dedos pelos seus cachos, dizia sem parar *strano, strano,* como se o desaparecimento do passaporte, sobre o qual não pairava mais dúvida, fosse o acontecimento mais esquisito de toda a sua vida. O *padrone,* que logo empreendera uma investigação sistemática, reunindo todos os passaportes austríacos, todos os holandeses e todos os alemães, afastando os austríacos e holandeses com um gesto definitivo e examinando de perto os alemães, concluiu com base nessa operação que meu passaporte de fato não estava entre eles, mas que no seu lugar havia o de um certo sr. Doll, que, se ele bem se lembrava, tinha partido no dia anterior, do que ele só podia deduzir que haviam entregado meu passaporte ao sr. Doll inadvertidamente — *inavvertitamente*, ainda o ouço exclamar, golpeando a testa com a palma da mão em desespero diante de tamanha negligência — e que esse sr. Doll simplesmente pusera o passaporte no bolso, sem se certificar se era seu ou de outro. Os alemães, assim rematou o *padrone* seu resumo dessas ocorrências inauditas, estavam sempre com muita pressa. Sem dúvida o sr. Doll estava agora com meu passaporte no bolso em algum ponto da estrada, e assim era preciso pensar em como me providenciar um documento que, na falta do passaporte, provasse provisoriamente minha identidade e me permitisse seguir viagem e sair da Itália. Mauro, que aparentemente fora o único responsável pela troca de passaportes, derramou-se em desculpas para comigo, enquanto Luciana, que agora tomara seu partido, opinou que afinal ele ainda quase não passava de uma criança. Uma criança, exclamou o *padrone* e dirigiu os olhos para os céus, como se de lá buscasse amparo nessa hora em que sua paciência era posta à prova, uma criança, tornou a exclamar, mas dessa vez virado para Mauro, uma criança coisa nenhuma, mas um descuidado que faz as coisas sem pensar e acaba comprometendo sem mais nem menos a reputação do hotel. Com que impressão o *signore*, disse o *padrone* para Mauro apontando para mim, ficará de Limone e da Itália quando partir, e, com a pergunta ainda pairando no ar como uma prova quase irrefutável, acrescentou que era preciso me levar sem demora à delegacia de polícia, onde o delegado-chefe, Dalmazio Orgiu, me expediria ao menos um documento válido para deixar o país. Objetei que eu poderia tirar um novo passaporte no consulado alemão de Milão e que não havia mais necessidade de se preocuparem comigo, mas o *padrone* já comprimira a chave do carro na mão da mulher, apanhara minha mala e me tomara pelo braço. Antes que eu desse pela coisa, estava sentado no Alfa-Romeo azul ao lado de Luciana e subíamos pelas ruas íngremes até a rua principal, onde a delegacia de polícia ficava algo recuada atrás de uma grade de ferro alta, fixada a uma base de concreto. O *brigadiere*, que usava um Rolex enorme no pulso esquerdo e uma pesada pulseira de ouro no pulso direito, escutou nossa história, sentou-se a uma antiquada máquina de escrever, imensa, com um carro de quase um metro de comprimento, introduziu uma folha de papel e, meio murmurando, meio cantando o texto sem a menor hesitação, expediu o seguinte documento, que ele arrancou dos cilindros com um floreio ao terminar a última linha e leu na íntegra mais uma vez por precaução, entregando-o primeiro a mim, que seguira sem fala o virtuosismo do despacho, e depois a Luciana para a assinatura, antes de firmá-lo ele próprio e, para rematar a obra, assinalá-lo com um carimbo quadrado e outro redondo. Quando perguntei ao *brigadiere* se tinha certeza de que com tal documento eu poderia cruzar a fronteira, ele respondeu apenas, algo irritado pela dúvida implícita à minha pergunta: *Non siamo in Russia, signore*.

De volta ao carro com Luciana, esse atestado nas mãos, foi como se tivéssemos sido casados pelo *brigadiere* e pudéssemos agora viajar juntos para onde quiséssemos. Mas essa idéia, que me encheu de uma sensação de contentamento, não durou muito, e depois que voltei a mim, por assim dizer, pedi a Luciana que me deixasse no ponto de ônibus logo adiante. Ela parou, eu desci, e, minha mala já pendurada no ombro, troquei ainda algumas

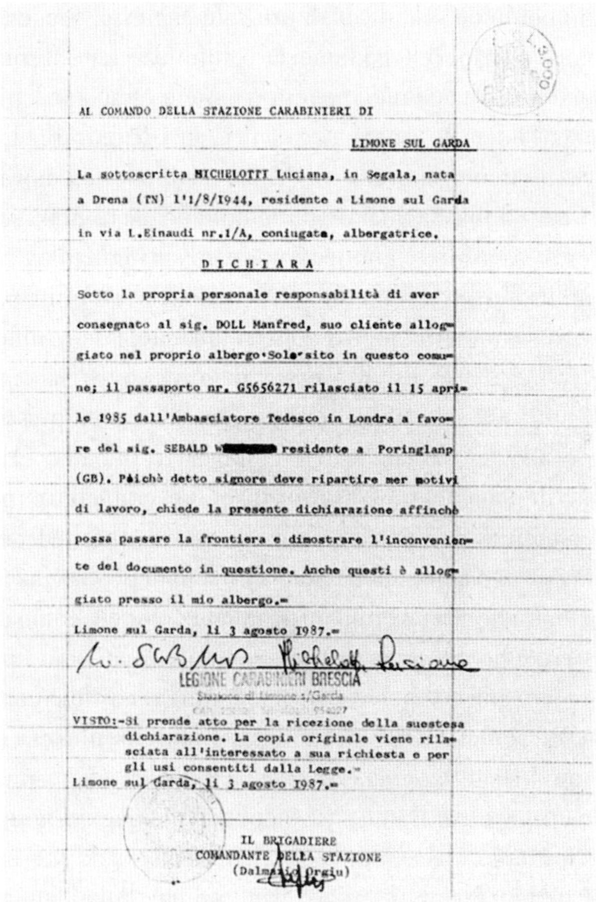

AL COMANDO DELLA STAZIONE CARABINIERI DI

LIMONE SUL GARDA

La sottoscritta MICHELOTTI Luciana, in Segala, nata a Drena (TN) l'1/8/1944, residente a Limone sul Garda in via L.Einaudi nr.1/A, coniugata, albergatrice.

D I C H I A R A

Sotto la propria personale responsabilità di aver consegnato al sig. DOLL Manfred, suo cliente alloggiato nel proprio albergo "Sole" sito in questo comune; il passaporto nr. G5656271 rilasciato il 15 aprile 1985 dall'Ambasciatore Tedesco in Londra a favore del sig. SEBALD W[redacted] residente a Poringlanp (GB). Poichè detto signore deve ripartire mer motivi di lavoro, chiede la presente dichiarazione affinchè possa passare la frontiera e dimostrare l'inconveniente del documento in questione. Anche questi è alloggiato presso il mio albergo.=

Limone sul Garda, li 3 agosto 1987.=

LEGIONE CARABINIERI BRESCIA
Stazione di Limone s/Garda

VISTO:-Si prende atto per la ricezione della suestesa dichiarazione. La copia originale viene rilasciata all'interessato a sua richiesta e per gli usi consentiti dalla Legge.-

Limone sul Garda, li 3 agosto 1987.=

IL BRIGADIERE
COMANDANTE DELLA STAZIONE
(Dalmazio Orgiu)

palavras com ela pela janela aberta do carro e lhe desejei felicidades atrasadas pelo seu aniversário de quarenta e quatro anos. Ela sorriu exultante, como se com um presente inesperado, disse *addio*, engatou a marcha e se foi. Lentamente o Alfa-Romeo avançou pela rua e desapareceu em uma curva que, assim me pareceu então, conduzia a um outro mundo. Já era meio-dia. O ônibus seguinte só chegaria por volta das três. Sentei-me no bar perto do ponto de ônibus, pedi um café expresso, tirei da mala meu bloco de papel e logo fiquei tão profundamente absorto nas notas que tomava que não me restou o menor traço de lembrança nem das horas de espera, nem da viagem de ônibus a Desenzano. Só no trem a caminho de Milão é que me vejo novamente. Lá fora, na luz de final de tarde que incidia oblíqua sobre a paisagem, passavam os choupos e os campos lombardos. Sentadas à minha frente estavam uma franciscana de uns trinta ou trinta e cinco anos e uma jovem com uma jaqueta de retalhos coloridos sobre os ombros. A jovem embarcara em Brescia, a irmã franciscana já se achava no trem em Desenzano. A irmã lia seu breviário; a jovem, não menos concentrada, uma fotonovela. Ambas eram de uma beleza consumada, pensei comigo, ao mesmo tempo presentes e ausentes, e admirei a profunda seriedade com que viravam as páginas. Uma hora a irmã franciscana virava uma página, outra hora a jovem com a jaqueta colorida, então de novo a jovem e depois outra vez a irmã franciscana. Assim passou o tempo sem que eu conseguisse trocar um único olhar com essa ou aquela. Tentei, portanto, exercitar a mim mesmo em semelhante modéstia e apanhei *Der Beredte Italiener*, um manual publicado em 1878 em Berna para todos aqueles que queiram fazer progressos rápidos e seguros no italiano coloquial. Nesse livreto, que pertencera a um tio-avô materno que trabalhara algum

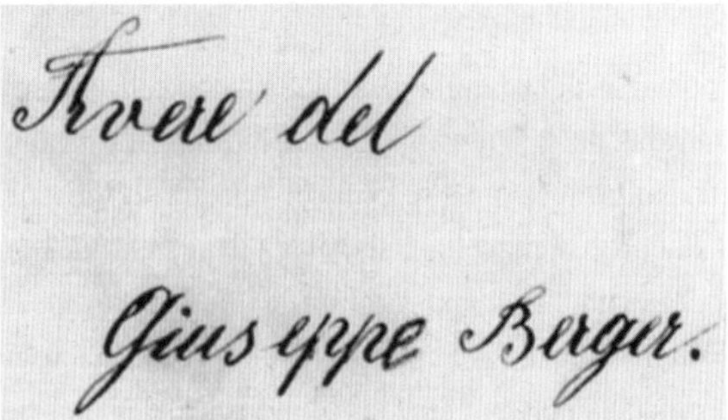

tempo como guarda-livros no norte da Itália durante a última década do século XIX, tudo parecia organizado da melhor forma possível, como se de fato o mundo constasse somente de palavras, como se assim o próprio horror fosse trazido para dimensões seguras, como se para cada aspecto de uma coisa houvesse um reverso, para cada mal um bem, para cada dissabor um prazer, para cada infelicidade uma felicidade e para cada mentira um quinhão de verdade. Lá fora emergiu a periferia de Milão.

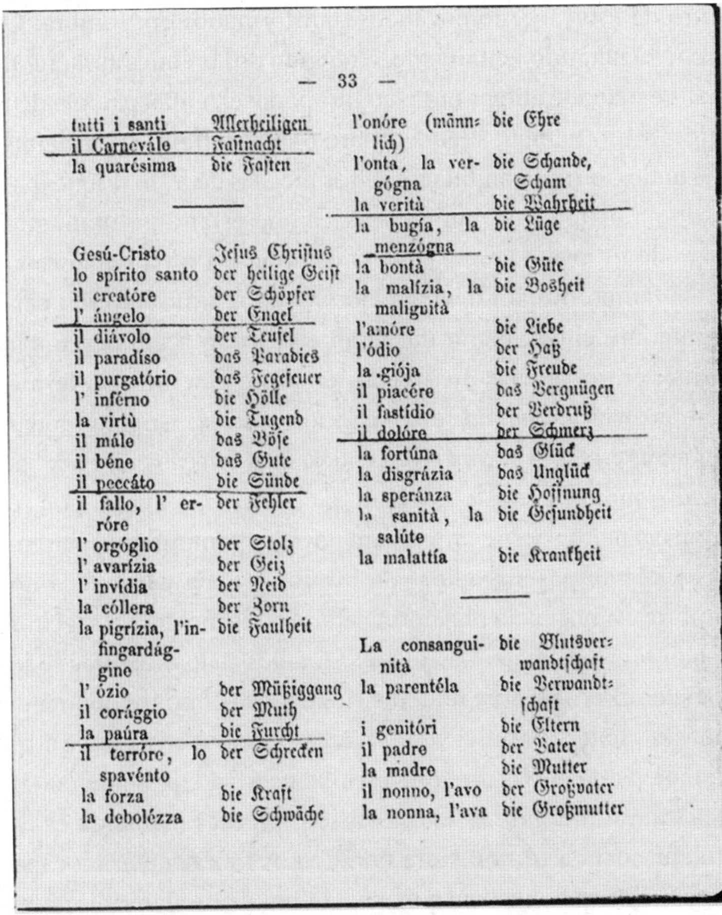

— 33 —

tutti i santi	Allerheiligen
il Carneválo	Fastnacht
la quarésima	die Fasten
Gesú-Cristo	Jesus Christus
lo spírito santo	der heilige Geist
il creatóre	der Schöpfer
l' ángelo	der Engel
il diávolo	der Teufel
il paradíso	das Paradies
il purgatório	das Fegefeuer
l' inférno	die Hölle
la virtù	die Tugend
il málo	das Böse
il béne	das Gute
il peccáto	die Sünde
il fallo, l' erróre	der Fehler
l' orgóglio	der Stolz
l' avarízia	der Geiz
l' invídia	der Neid
la cóllera	der Zorn
la pigrízia, l'infingardággine	die Faulheit
l' ózio	der Müßiggang
il corággio	der Muth
la paúra	die Furcht
il terróre, lo spavénto	der Schrecken
la forza	die Kraft
la debolézza	die Schwäche
l'onóre (männlich)	die Ehre
l'onta, la vergógna	die Schande, Scham
la verità	die Wahrheit
la bugía, la menzógna	die Lüge
la bontà	die Güte
la malízia, la maliguità	die Bosheit
l'amóre	die Liebe
l'ódio	der Haß
la .giója	die Freude
il piacére	das Vergnügen
il fastídio	der Verdruß
il dolóre	der Schmerz
la fortúna	das Glück
la disgrázia	das Unglück
la speránza	die Hoffnung
la sanità, la salúte	die Gesundheit
la malattía	die Krankheit
La consanguinità	die Blutsverwandtschaft
la parentéla	die Verwandtschaft
i genitóri	die Eltern
il padre	der Vater
la madre	die Mutter
il nonno, l'avo	der Großvater
la nonna, l'ava	die Großmutter

Bairros-satélites com blocos residenciais de vinte andares. Depois os subúrbios, pátios de fábricas e antigos cortiços. O trem mudou de trilhos. Os raios rasteiros do sol poente atravessaram o vagão. A jovem com a jaqueta colorida inseriu um marcador de livro na sua fotonovela, e a irmã franciscana também introduziu o marcador verde no seu breviário. Ambas sentavam-se agora reclinadas em meio ao clarão fulgente da noite, uma, assim imaginei, de cabelos aparados sob a touca branca, a outra envolta pelos seus maravilhosos cachos. Em breve entramos no escuro da estação e fomos todos transformados em sombra. O trem foi parando lentamente, o rangido dos breques aumentou mais e mais até atingir um pico insuportável, então parou e deu lugar a um perfeito silêncio sobre o qual refluiu, após alguns segundos, o ruído ondulante sob as arcadas de ferro. Fiquei parado na plataforma, com a sensação de estar absolutamente perdido. A jovem com a jaqueta colorida e a irmã franciscana fazia tempo tinham desaparecido. Qual relação haveria, perguntei-me então, como me lembro, e torno a me perguntar agora, entre aquelas duas belas leitoras e esse imenso terminal ferroviário que, ao ser construído em 1932, superou todas as outras estações européias da época, qual relação entre os chamados monumentos do passado e aquele vago anseio que se propaga pelos nossos corpos para povoar as amplidões poeirentas e os campos alagadiços do futuro. A mala pendurada no ombro, avancei pela plataforma como o último dos passageiros e comprei um mapa da cidade. Quantos mapas de cidade já não comprei? Sempre tento ter uma noção confiável pelo menos do espaço à minha volta. De todo modo, o mapa de Milão me pareceu ter sido uma escolha acertada, pois, enquanto aguardava que minhas fotos ficassem prontas diante da cabine automática rumorejante onde eu as tirara, notei na capa de papelão que envolvia o mapa a figura de um labirinto, mas

no verso uma afirmação promissora ou mesmo auspiciosa para todo aquele que sabe o que é errar em seu caminho:

UNA GUIDA SICURA PER
L'ORGANIZZAZIONE DEL VOSTRO LAVORO.

PIANTA GENERALE
MILANO

Emergi do átrio da estação para o ar plúmbeo da noite. Táxis amarelos deslizavam de todos os lados de volta ao seu ponto e tornavam a sair em enxame com passageiros cansados no banco de trás. Atravessei as colunatas rumo ao lado leste, o lado errado da estação. Sob os arcos que dão na Piazza Savoia havia um anúncio da Hertz que dizia LA PROSSIMA COINCIDENZA. Eu ainda estava com a vista erguida na direção da mensagem, pensando que talvez ela se destinasse a mim, quando dois jovens, que mantinham entre si uma conversa acalorada, vieram ao meu encontro. Esquivar-me não era mais possível. A respiração deles já estava no meu rosto, eu já via, bem perto, a cicatriz nodosa na bochecha de um deles e as veias no olho do outro, sentia a mão deles sob minha jaqueta, agarrando, puxando e rasgando. Só quando girei nos calcanhares e fiz a mala rodar do meu ombro na direção dos dois é que consegui me desvencilhar e recuar de costas até um dos pilares das arcadas. LA PROSSIMA COINCIDENZA. Nenhum dos transeuntes prestara atenção no incidente. Eu, porém, vi os dois assaltantes, avançando curiosamente aos trancos como se tivessem saído de uma das primeiras películas de cinema, sumir na penumbra entre as colunatas. Sentado no táxi, agarrei-me à mala com as duas mãos. Ao meu comentário, feito da maneira mais casual possível, que as ruas de Milão eram perigosas, o motorista respondeu com um gesto de impotência. Ele tinha uma grade na janela ao seu lado e um medalhão colorido de Nossa Senhora no painel de instrumentos. Seguimos pela Via N. Torriani, passamos pela Piazza Cincinnato, dobramos à esquerda na Via San Gregorio e outra vez à esquerda na Via Lodovico S., onde paramos na frente do Hotel Boston, uma casa de aparência pouco atraente e desproporcional. O motorista pegou o dinheiro sem uma palavra. Não se via uma alma viva em toda a Via Lodovico S. O táxi desapareceu na distância. Subi os dois ou três degraus até a estranha estalagem e aguardei lá dentro no vestíbulo mal iluminado até que a *signora*, uma criatura toda encarquilhada de sessenta ou setenta anos, aparecesse do quarto da televisão. Foi com ceticismo que ela manteve seu olhar de pássaro sobre mim enquanto eu explicava, no meu italiano imperfeito, que eu não podia apresentar nenhum documento porque meu passaporte se extraviara, e que eu estava em Milão para providenciar um novo no consulado alemão. Assim que terminei minha história, ela chamou o marido, que atendia pelo nome de Orlando e também surgiu cambaleante do quarto da televisão, onde estivera imerso, tal como a *signora*, em profundo crepúsculo. Ele levou o que me pareceu uma eternidade para cruzar o pequeno átrio e tomar posição ao lado da mulher atrás do balcão de recepção, que batia quase nos seus ombros. Comecei de novo minha história desde o início, e agora até mesmo para mim ela soava implausível. Meio por pena, meio por desdém, deram-me finalmente uma velha chave de ferro com o número 513. O quarto ficava no último andar. O elevador, um cubículo estreito fechado por uma grade de metal barulhenta, chegava apenas até o quarto andar, de onde eu tinha de subir mais um piso por duas escadas nos fundos. Um corredor longo, longo demais para um prédio tão estreito, conduzia em ligeiro declive, assim me pareceu, às portas dos quartos, que distavam pouco mais de dois metros umas das outras. Pobres viajantes, passou pela minha cabeça, e eu próprio não me excluía do grupo. Sempre noutra parte. A chave girou na fechadura. Um calor opressivo, confinado havia dias, se não semanas, me golpeou. Subi as rótulas da janela. Telhados a perder de vista na noite que caía, e uma floresta de antenas, estremecidas pela brisa que acabava de soprar. Embaixo, abria-se o abismo dos pátios internos. Tornei a me virar para o quarto e, sem me despir, me deitei na cama coberta com uma colcha franjada de motivos florais adamascados, cruzei os braços, nos quais logo se espalhou o torpor, sob a cabeça e fitei o teto, que parecia a quilômetros de distância. Vozes esparsas subiam do poço e entravam pela janela aberta. Um berro, como de alguém em alto-mar, uma risada em um teatro vazio. Ficava cada vez mais escuro, e o tempo passava. Aos poucos, tudo se calou e se apagou. Horas, horas infinitas se passaram sem que eu descansasse. No meio da noite, ou já quase de manhã, levantei-me, despi-me e me pus no boxe do chuveiro, que se projetava oblíquo no quarto, oculto por uma cortina de plástico embolorada. Deixei a água correr sobre mim longamente. E molhado como estava, tornei a me deitar sobre a colcha franjada e aguardei que a alvorada tocasse as pontas das antenas. Por fim, imaginei ser capaz de perceber os primeiros clarões, ouvi o grito de um melro e fechei os olhos. Sob minhas pálpebras cerradas, começou a clarear. *Ecco l'arcobaleno*. Eis o arco-íris no céu. *Ecco l'arco celeste*. Do desvão baixou o sono. Sonhei com um vasto campo verde de milho e flutuando sobre ele, de braços abertos, uma freira da minha infância, irmã Mauritia, como se fosse a coisa mais natural do mundo.

Às nove da manhã, eu me achava na sala de espera do consulado alemão na Via Solferino. Nessas primeiras horas de expediente, já havia um número considerável de turistas que tinham sido roubados e gente com outras solicitações, como uma família de artistas que me parecia de uma época findada havia pelo menos meio século. O cabeça dessa pequena trupe — pois era sem dúvida disso que se tratava — usava um terno de verão branco e sapatos de lona extremamente elegantes, debruados com couro. Nas mãos, girava ora em sentido horário, ora em sentido anti-horário um chapéu de palha de abas largas realmente maravilhoso e bem-acabado. Pelos seus poucos movimentos, via-se que preparar uma omelete na corda bamba, aquele truque sensacional que o grande Blondin realizava em suas apresentações, teria sido para ele brincadeira de criança. Ao lado desse homem dos ares estava sentada uma jovem de aparência nórdica com um conjunto feito sob medida — também ela uma aparição dos anos 30. Sentava-se imóvel, muito ereta, e o tempo inteiro de olhos fechados. Não notei nem sequer uma piscadela, nem uma única contração da comissura dos lábios, nem o menor movimento da cabeça, nem um único fio de cabelo fora do lugar em seu penteado cuidadosamente ondulado. Com esses dois sonâmbulos, que, como eu soube mais tarde, se chamavam Giorgio e Rosa Santini, estavam três garotas quase da mesma idade, com roupas de verão da mais fina cambraia, que eram muito parecidas entre si e ora se sentavam juntas, todas quietas, ora vagavam pela sala de espera entre poltronas e mesas, como se pretendessem fazer de seus caminhos um belo laço. Uma tinha um cata-vento colorido, outra um telescópio retrátil, que ela costumava olhar pelo lado contrário, e a terceira uma sombrinha. Às vezes, as três se postavam na janela com seus diversos emblemas e fitavam a manhã milanesa, na qual a luz cintilante do dia tentava penetrar o pesado ar cinza. Sentada à parte dos Santini, mas claramente a eles ligada, por simpatia e parentesco, estava a *nonna*, com um vestido de seda preto. Ocupava-se com seu crochê, do qual só de vez em quando erguia a vista, para dirigir um olhar que me pareceu preocupado na direção do casal silencioso ou das três irmãs. O tempo passou voando na companhia dessa gente, embora tenha demorado um bocado até que minha identidade fosse afinal confirmada, após vários telefonemas às autoridades competentes na Alemanha e em Londres, e um pequeno, para não dizer nanico, funcionário do consulado se sentasse em uma espécie de tamborete atrás de uma enorme máquina de escrever e começasse a trasladar em letras pontilhadas no meu novo passaporte os dados que eu fornecera sobre a minha pessoa.

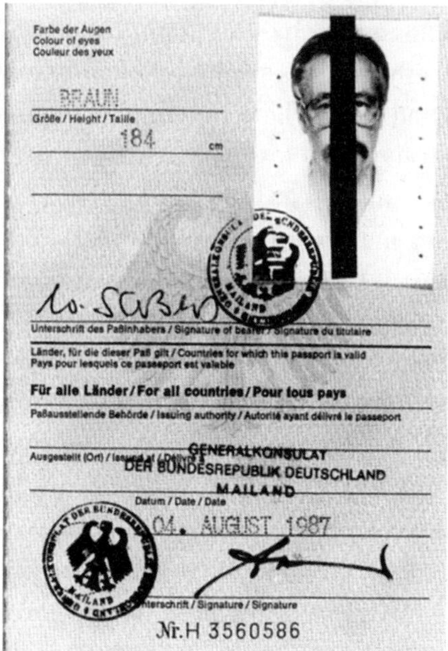
Farbe der Augen
Colour of eyes
Couleur des yeux

BRAUN

Größe / Height / Taille

184 cm

Unterschrift des Paßinhabers / Signature of bearer / Signature du titulaire

Länder, für die dieser Paß gilt / Countries for which this passport is valid
Pays pour lesquels ce passeport est valable

Für alle Länder / For all countries / Pour tous pays

Paßausstellende Behörde / Issuing authority / Autorité ayant délivré le passeport

Ausgestellt (Ort) / Issued at / Délivré à

GENERALKONSULAT
DER BUNDESREPUBLIK DEUTSCHLAND
MAILAND

Datum / Date / Date

04. AUGUST 1987

Unterschrift / Signature / Signature

Nr.H 3560586

3

Ao sair do prédio do consulado levando no bolso a prova recém-expedida da minha liberdade de ir e vir, tomei a decisão de passear umas horas pelas ruas de Milão antes de seguir viagem, embora eu pudesse imaginar, é claro, que semelhante propósito, numa cidade tão cheia do tráfego mais terrível, não costuma resultar em outra coisa a não ser passeios sem graça e tormentos sem fim. Nesse 4 de agosto de 1987, desci a pé a Via Moscova passando pela San Angelo, cruzei os Giardini Pubblici, tomei a Via Palestro e continuei pela Via Marina; segui pela Via Senato e a Via della Spiga passando pela Via Gesù, percorri um pedaço da Via Monte Napoleone e da Via Alessandro Manzoni, pela qual cheguei finalmente à Piazza della Scala, de onde cruzei até a praça da catedral. No interior da catedral, sentei-me por uns instantes, desamarrei os sapatos e, como ainda me lembro com absoluta clareza, de golpe não soube mais onde estava. Apesar do grande esforço para tomar tento do curso dos últimos dias e de como eu fora parar ali, não sabia dizer nem mesmo se me encontrava na terra dos vivos ou já noutra parte. Esse lapso de memória também em nada se alterou quando subi até à galeria mais alta da catedral e de lá, acometido de seguidos ataques de vertigem, observei o panorama nevoento de uma cidade que agora me era totalmente estranha. Onde a palavra "Milão" deveria ter surgido, nada mais havia senão um dolorido reflexo da incapacidade. Como símbolo ameaçador da escuridão que se difundia em mim, uma gigantesca nuvem a oeste cobria já metade do céu e lançava suas sombras sobre o mar de casas aparentemente infinito. Ergueu-se um vento forte, e tive de me preparar para conseguir olhar para baixo, onde as pessoas se moviam pela *piazza* estranhamente inclinadas para a frente, como se cada uma delas fosse de encontro ao seu fim. *Se il vento s'alza, correte, correte!*, passou-me pela cabeça, e no mesmo instante me ocorreu a idéia salvadora de que as figuras que se apressavam de um lado para o outro lá embaixo nada mais eram que simples milaneses e milanesas.

Naquela noite me pus novamente a caminho de Verona. O trem percorreu a paisagem escura num piscar de olhos. Dessa vez, desci sem hesitar no meu destino e, após tomar um Fernet duplo no bar da estação e folhear os jornais de Verona, peguei um táxi até a Pomba de Ouro, onde, contra todas as expectativas, um quarto perfeitamente adequado às minhas necessidades estava disponível e onde eu, que costumava ser mal atendido, fui tratado com a mais distinta cortesia tanto pelo porteiro, que me lembrou Ferdinand Bruckner, quanto pela gerente do hotel, que parecia estar à espera no saguão expressamente para me dar as boas-vindas, como se eu fosse um hóspede de honra há muito aguardado e que agora finalmente chegara. Não precisei mostrar meu passaporte, simplesmente me foi entregue o formulário de registro, no qual inscrevi meu nome como Jakob Philipp Fallmerayer, historiador, de Landeck. O porteiro apanhou minha mala e me acompanhou até o quarto, onde, após eu lhe dar uma gorjeta que excedia em muito minhas posses, ele se despediu com uma mesura. A tranqüilidade noturna que desfrutei sob o teto da Pomba de Ouro, que eu imaginava como uma asa da mais bela plumagem de tons castanhos e tijolo, beirava o milagre, tal como o café-da-manhã do dia seguinte, que ficou na minha memória como algo majestoso. Confiante, como se agora não pudesse mais dar um passo em falso, saí às ruas da cidade por volta das dez e logo me vi diante da Biblioteca Civica, na qual eu pretendia passar o dia trabalhando. Embora um aviso no portão principal alertasse que a biblioteca estaria fechada durante o período de férias, a porta de entrada estava entreaberta. Dentro, tudo estava imerso em crepúsculo tão profundo que, de início, só consegui avançar tateante. Após já ter tentado em vão uma quantidade de maçanetas, que me pareciam todas curiosamente altas, topei finalmente com um funcionário da biblioteca na sala de leitura, banhada em uma suave luz matutina. Era um senhor de idade, com cabelo e barba cuidadosamente aparados, que acabara de iniciar sua tarefa diária atrás de uma escrivaninha. Ele usava braçadeiras de cetim preto e óculos de armação dourada em forma de meia-lua, e, sobre uma pasta verde, pautava uma folha de papel atrás da outra. Depois de juntar uma certa provisão, ergueu a vista do seu ofício e indagou o que eu desejava. A explicação prolixa do meu pedido durou bem mais do que a obtenção dos meios para satisfazê-lo. Dali a pouco, encontrava-me sentado próximo de uma das janelas e folheava os fólios nos quais os jornais de Verona dos meses de agosto e setembro de 1913 haviam sido encadernados. As bordas estavam agora tão quebradiças que era preciso virar as páginas com cuidado. Cenas de filme mudo de toda sorte começaram a se desenrolar diante dos meus olhos. Na Via Alberto Mario, vi diversos senhores indo e vindo e, no exato momento em que se julgavam despercebidos,

sumindo com um ágil salto de lado na direção da entrada da casa onde se situava o consultório do dr. Ringger, graduado pelas universidades de Paris e Viena. Cada um dos aposentos da casa já estava ocupado por um desses senhores impecavelmente vestidos que, a intervalos regulares, continuavam saltando na direção da entrada, enquanto o dr. Ringger, de sua parte, preparava-se evidentemente para as consultas em um salão do mezanino, estudando gigantescas gravuras de doenças da pele, espalhadas sobre uma mesa enorme à sua frente como mapas multicoloridos do estado-maior. E vi então o dr. Pesavento, cujo consultório ficava na Via Stella, perto da Biblioteca Civica,

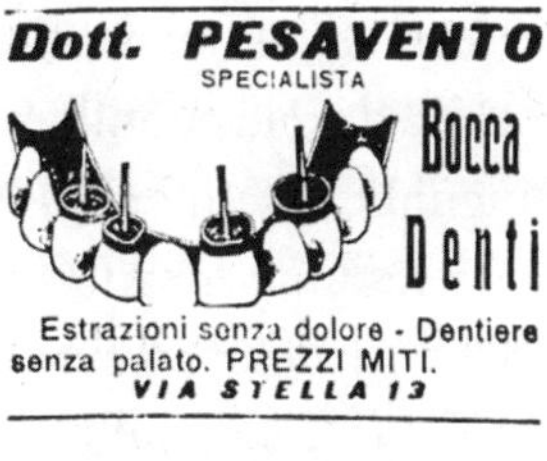

executando uma das suas extrações sem dor. O rosto pálido da paciente que o dr. Pesavento tinha sob si dava uma impressão, é verdade, de perfeito repouso, mas seu corpo torcia-se e vergava-se na cadeira de dentista de maneira francamente agonizante. Havia também revelações de outro tipo, como a pirâmide de dez milhões de garrafas de água mineral Ferro-China para a

reconstituição do sangue, fulgente e cintilante no sol como uma promessa de vida eterna: súbito, o leão rugiu em silêncio, e em silêncio a pirâmide estilhaçou-se numa miríade de cacos como o chuvisco de uma cascata de cristal. Não tinham som nem peso essas imagens e notícias de então, brilhavam brevemente e logo tornavam a se extinguir, cada uma delas seu próprio mistério vazio. O missionário tirolês Giuseppe Ohrwalder, dizia um comunicado de Cartum, estava desaparecido havia várias semanas em Omdurman, no Sudão. E, segundo telegramas de Danzig, um Colonello Stern, do 6º Regimento de Artilharia de Campo, fora preso sob suspeita de espionagem. Histórias sem começo nem fim, que mereciam ser estudadas mais de perto, pensei comigo; 1913 foi um ano especial. Os tempos estavam mudando, e a centelha percorria o rastilho como uma víbora pela grama. Por toda parte os sentimentos fervilhavam. O povo experimentava um novo papel. O justo e sagrado ódio da nação foi invocado. As reportagens nos jornais de Verona sobre os primeiros festivais no Anfiteatro Romano superavam umas às outras em seu entusiasmo. Segundo uma de minhas notas, um artigo no *Fedele* intitulava-se APOTEOSI DEI TITANI, em letras góticas. Concluía o artigo com a afirmação de que a manchete não era sem fundamento, pois a arena era um exemplo titânico da arquitetura romana e Giuseppe Verdi, o Titã da *melopoea italiana*. O verdadeiro Titã de toda arte e beleza, contudo, anunciava o escritor num último floreio, era *il popolo nostro*, e o resto não passava de pigmeus. Meus olhos fitaram longamente as seis letras da palavra *pigmei*, o prenúncio de uma destruição que já ocorrera. Imaginei ouvir a voz do povo, como ela se erguia e escandia as sílabas: *pig-me-i*, *pig-me-i*, *pig-me-i*. Os gritos ecoavam dentro do meu ouvido, sendo na realidade, sem dúvida, apenas a pulsação do meu próprio sangue amplificada e distorcida pela minha imaginação. De todo modo, ela não parecia encontrar eco no funcionário da biblioteca. Ele se debruçava com toda calma sobre seu trabalho e enchia com letra uniforme as pautas que antes traçara. A maneira como se detinha brevemente ao final de cada linha sugeria que se tratava de uma lista. E era evidente que tinha na cabeça todos os detalhes necessários para compilar essa lista que aumentava a olhos vistos, pois ele seguia escrevendo sem hesitação e sem jamais consultar uma fonte. Nossos olhares se encontraram uma vez, quando ele, após completar outra página, ergueu a vista do trabalho e apanhou uma lata com areia mata-borrão. Esse gesto, que não me causou pouca admiração, pareceu-me tão perfeitamente correto naquele momento, tão patente, que pude retomar a leitura interrompida. Enquanto eu lia e folheava as páginas tarde adentro, descobri muita coisa que talvez valha a pena contar em outra oportunidade, tal como a reportagem intitulada UCCISO SUL BANCO ANATOMICO, que começava com estas palavras verdadeiramente novelísticas: *Ieri sera nella cella mortuaria del cimitero di Nogara*, e que tratava do assassinato de um *carabiniere* chamado Muzio. A história, à qual não faltavam detalhes grotescos, terá ficado na minha memória em parte porque, num dos fólios que eu folheava, encontrei um antigo cartão-postal que mostrava o Cimitero di Staglieno em Gênova. Guardei essa figura comigo e mais tarde a examinei longamente, em minúcias, com uma lente de aumento. A luz pálida sobre as montanhas escuras, o viaduto que parece conduzir para fora da figura e para dentro de um túnel, as sombras profundas ao lado, os inúmeros túmulos em forma de torre e pagode à direita, o bosque de ciprestes, os muros dispostos em perspectiva, o campo negro em primeiro plano e a mansão clara na extremidade esquerda do longo passeio com colunatas, tudo isso, mas sobretudo a mansão clara, me era tão familiar que eu poderia facilmente andar por ali de olhos vendados. No final da tarde, caminhei ao longo do Adige sob as árvores do passeio à

beira-rio até Castelvecchio. Um cão de cor clara que tinha uma mancha preta como uma portinhola sobre o olho esquerdo e que, como todos os cães de rua, parecia correr obliquamente na direção em que se movia, colara em mim na praça da catedral e agora mantinha uma distância constante à minha frente. Se eu parasse para observar o rio, ele parava também e olhava pensativo para a água corrente. Se eu seguisse adiante, ele também se punha a caminho. Mas quando atravessei o Corso Cavour junto a Castelvecchio, ele permaneceu no meio-fio, e por pouco não fui atropelado, porque no meio do Corso me virei para ver onde ele estava. Chegando ao outro lado, ponderei se deveria seguir direto pela Via Roma até a Piazza Bra, onde tinha um encontro marcado com Salvatore Altamura, ou tomar um pequeno desvio pela Via San Silvestro e a Via dei Mutilati. O cão, que do outro lado do Corso me seguira com a vista durante tanto tempo, de repente desaparecera, e eu segui pela Via Roma, sem na verdade ter tomado nenhuma decisão. Avancei sem pressa, entrei nessa e naquela loja, deixei-me levar pelo fluxo dos pedestres e encontrei-me finalmente diante da Pizzeria Verona, da qual eu fugira naquela noite de novembro sete anos antes. Os dizeres acima do restaurante de Carlo Cadavero ainda eram os mesmos, mas a porta de entrada estava pregada com um compensado, e as folhas das janelas no andar de cima também estavam todas fechadas, como no fundo, logo me dei conta, eu sempre havia esperado. A imagem que se fixara na memória quando saí às pressas de Verona, e que de tempos em tempos recorria com a máxima clareza, antes que eu pudesse esquecê-la, essa imagem tornou a me ocorrer agora, estranhamente distorcida — dois homens de paletó preto com botões prateados, que carregavam dos fundos de uma casa um caixão no qual jazia, sob um pano de motivos florais, o que era obviamente um corpo humano. Se essa aparição negra ofuscou a realidade só por um breve instante ou muito mais, eu não teria sido capaz de dizê-lo quando tornei a ver a luz e os pedestres, que, sem o menor sinal de transtorno, passavam pela pizzaria aparentemente fechada havia tempo. O fotógrafo da loja ao lado, de quem inquiri sobre as causas do fechamento do negócio, não se dispôs a me dar nenhuma informação, nem fui capaz de persuadi-lo a tirar uma foto da fachada da casa para mim. Às minhas perguntas e solicitações ele não fazia mais que balançar a cabeça, como se não me entendesse ou fosse incapaz de falar. Eu já me virava para ir embora, movido pela idéia que se formava em mim desse fotógrafo surdo-mudo trabalhando em sua câmara escura, quando o ouvi lançar uma saraivada de violentas imprecações às minhas costas, dirigidas menos contra mim, pareceu-me, do que contra algum incidente que ocorrera à época no restaurante. Lá fora, onde fiquei ainda um bom tempo andando indeciso de lá para cá na calçada em frente, pedi afinal a um passante aparentemente adequado a esse propósito, um jovem turista, como vim a saber, da região de Erlangen, que tirasse uma foto da pizzaria, o que ele fez, após alguma hesitação e depois que lhe dei uma nota de dez marcos

para cobrir as despesas de envio da foto à Inglaterra no seu devido tempo. Mas ao meu insistente pedido que fotografasse também um bando de pombos que, mal a foto havia sido tirada, viera voando da *piazza* até a Via Roma e pousara em parte no gradil do balcão, em parte no telhado da casa, o jovem de Erlangen, em viagem de lua-de-mel, como pensei mais tarde, não esteve mais disposto a assentir, provavelmente, assim suspeitei, porque sua noiva recém-casada, que me fitara o tempo inteiro com ar desconfiado, se não francamente hostil, e não arredara pé do seu lado, mesmo enquanto ele tirava a foto, impediu-o que o fizesse à força dos impacientes puxões que dava em sua manga.

Quando cheguei à *piazza*, Salvatore já estava sentado diante do bar de toldo verde e lia, os óculos suspensos na testa, um livro que segurava tão perto do rosto que era impossível imaginar que ele pudesse desse modo decifrar alguma coisa. Tomando cuidado para não incomodá-lo, sentei ao seu lado. O livro que estava lendo tinha uma sobrecapa cor-de-rosa com o retrato de uma mulher em cores escuras. Em vez do título, havia embaixo do retrato a combinação de números *1912+1*. Um garçom se aproximou da mesa. Usava um longo avental verde. Pedi um Fernet duplo com gelo. Salvatore, nesse meio-tempo, pusera o livro de lado e recolocara os óculos no lugar. Ele não podia evitar, desculpou-se, nas primeiras horas da noite, quando finalmente escapava do corre-corre diário, ocupar-se de um livro, mesmo quando, como hoje, esquecia seus óculos de leitura na redação. Em razão da sua miopia extrema, sem óculos ele conseguia decifrar cada uma das palavras pouco mais rápido que um aluno de primário, mas nessa hora do dia ele simplesmente era incapaz de opor qualquer resistência à sua necessidade de ler. Depois do serviço, disse Salvatore, eu me refugio na prosa como numa ilha. Passo o dia inteiro cercado pelo barulho da redação, mas de noite faço a travessia até uma ilha, e quando começo a ler as primeiras frases tenho sempre a sensação de que estou remando para alto-mar. É graças unicamente a essa leitura de toda noite que ainda hoje me mantenho mais ou menos são. Ele pedia desculpas, disse, por não ter percebido logo minha presença, mas sua miopia e também o fato de estar absorto na história contada por Sciascia o tinham isolado quase completamente de tudo que se passava ao redor. Aliás, prosseguiu, como se regressasse à vida, a história contada por Sciascia era uma sinopse fascinante dos anos imediatamente anteriores à Primeira Guerra Mundial. No centro da narrativa, que se desenrolava mais na forma de ensaio, estava uma certa Maria Oggioni, *nata* Tiepolo, esposa de um *capitano* Ferrucio Oggioni, que em 8 de novembro de 1912 fuzilou o ordenança do marido, um *bersagliere* chamado Quintilio Polimanti, segundo seu próprio depoimento em legítima defesa. Os jornais da época, obviamente, se fartaram com a história, e o julgamento, que empolgou a fantasia da nação durante semanas — afinal a acusada, como a imprensa não se cansava de frisar, era da família do famoso pintor veneziano —, esse julgamento, que, como eu disse, prendeu o fôlego da nação inteira, não revelou por fim outra coisa a não ser a verdade que no fundo todos já conheciam, que a lei não é igual para todos e a justiça não é justa. Como Polimanti não era mais capaz de defender sua causa, ficou um pouquinho mais fácil para os juízes se deixarem conquistar totalmente pelo misterioso sorriso da *signora* Oggioni, que todo mundo em breve só chamava de *contessa* Tiepolo, um sorriso que de pronto lembrou aos jornalistas o da Gioconda, tanto mais que a Gioconda então, em 1913, povoava também as manchetes, depois que foi descoberta debaixo da cama de um operário de Florença que a libertara do exílio no Louvre dois anos antes e a levara de volta para pátria dela. É curioso, disse ainda Salvatore, como nesse ano tudo convergia para um único ponto, no qual alguma coisa teria de acontecer, custasse o que custasse. Mas a você, prosseguiu então, abstraindo totalmente de si e da leitura, interessa uma história bem diferente. E essa história, para me adiantar, já está agora quase no fim. O julgamento foi dado. O veredicto foram trinta anos. A apelação será ouvida em Veneza no outono. Não acho que podemos esperar algum desdobramento novo. Mas estou me antecipando. Recentemente você me disse pelo telefone que estava mais ou menos familiarizado com a história até o outono de 1980. A seqüência de crimes hediondos continuou depois disso, tal e qual. Naquele mesmo outono em Vicenza, uma prostituta chamada Maria Alice Beretta foi morta a golpes de martelo e machado. Meio ano mais tarde, Luca Martinotti, um aluno de ginásio de Verona, sucumbiu a ferimentos sofridos quando uma casamata austríaca nas margens do Etsch, usada como abrigo por viciados em drogas, foi incendiada. Em julho de 1982, dois monges, Mario Lovato e Giovanni Pigato — ambos já em idade avançada —, em sua costumeira caminhada noturna pelas ruas tranqüilas da vizinhança do mosteiro, tiveram os crânios esmagados por marretas. Depois disso, uma agência de notícias milanesa recebeu uma carta da Organização Ludwig, que, como você sabe, já tinha assumido a responsabilidade por tais atos no outono de 1980. Se eu bem me lembro, em sua segunda carta a organização afirmava que o propósito da sua existência era a morte daqueles que tinham traído Deus. Em fevereiro, o padre Armando Bison foi encontrado em Trentino. Ele jazia banhado no próprio sangue, e um crucifixo tinha sido cravado na sua nuca. O poder da Ludwig, dizia outra mensagem, não conhece limites. Em meados de maio do mesmo ano, um cinema pornô ardeu em chamas. Seis homens morreram. O último filme que viram tinha por título *Lyla, profumo di femmina*. A organização assumiu a responsabilidade pelo que chamou de fogueira das picas. No início de 1984, um dia após o Dia de Reis, ocorreu outro incêndio criminoso, que também não foi solucionado, numa discoteca do bairro da estação central de Munique. Só duas semanas mais tarde Furlan e Abel foram presos em nova tentativa de ataque, quando, disfarçados de palhaços, carregavam cada qual uma lata de gasolina aberta em mochilas esportivas cheias de furos pela discoteca Melamare em Castiglione delle Stiviere, perto da margem sul do lago de Garda, na qual nessa noite quatrocentos jovens festejavam o Carnaval. Faltou pouco para os dois não serem linchados ali mesmo pela multidão. Eis os pontos principais da história. A investigação, sem contar o conjunto de provas irrefutáveis que reuniu, não produziu nada que permitisse a compreensão desses crimes que se estenderam por mais de sete anos. Os pareceres psiquiátricos também mal permitiam vislumbrar a vida interior dos dois. Ambos eram de boa família. O pai de Furlan é um conhecido especialista em queimaduras e consultor do departamento de cirurgia plástica no hospital daqui. O pai de

Abel é um advogado alemão aposentado, que durante anos foi diretor da filial de Verona de uma companhia de seguros de Düsseldorf. Ambos os filhos freqüentaram o liceu Girolamo Fracastro. Ambos muito inteligentes. Depois dos exames finais, Abel foi estudar matemática, e Furlan química. Além disso, não há muito a dizer. Acho que eram como irmãos um para o outro e não sabiam como se ver livres da sua inocência. Eu vi uma vez Abel, que era um exímio violinista, num programa de televisão. Acho que foi em meados dos anos 70. Devia ter uns quinze ou dezesseis anos na época. E me lembro que sua aparência e o som maravilhoso que tirava do instrumento me tocaram profundamente.

Salvatore terminara seu relato, e a noite caíra. Em bandos, assim que eram soltos dos ônibus de excursão, os espectadores do festival se amontoavam diante da arena. A ópera, disse Salvatore, também não é mais o que era antes. O público desaprendeu que ele é parte do espetáculo. Nos velhos tempos, as carruagens passavam de tarde por essa rua larga e comprida até a Porta Nuova, atravessavam o portão e seguiam a oeste sob as árvores da esplanada, margeando a cidade, até escurecer. Então todos davam meia-volta. Uns iam às igrejas para rezar a Ave Maria della Sera, outros se detinham aqui no Bra, onde os cavalheiros subiam nas carruagens para conversar com as damas, muitas vezes até noite escura. Os dias de subir nas carruagens já eram. E os da ópera também. O festival é uma caricatura. É por isso que eu não tomo coragem de entrar na arena numa noite como essa, embora a ópera, como você sabe, signifique tudo para mim. Já faz mais de quarenta anos, disse Salvatore, que eu trabalho nessa cidade, e nem uma única vez assisti a um espetáculo na arena. Fico sentado aqui fora no Bra, onde não se escuta nada da ópera. Nem a orquestra, nem o coro, nem as vozes dos cantores. Nem um acorde. Eu escuto, por assim dizer, uma ópera sem som. *La spettacolosa Aida*, uma noite fantástica no Nilo, como um filme mudo da época anterior à Grande Guerra. Você sabia, prosseguiu Salvatore, que o cenário e o figurino da *Aida* que vai ser exibida hoje são réplicas exatas daqueles desenhados por Ettore Fagiuoli e Auguste Mariette para a inauguração do festival em 1913? Alguém dirá que o tempo não passou, embora a história agora esteja chegando ao fim. Às vezes me parece de fato que toda a sociedade ainda está na ópera do Cairo para celebrar o progresso inexorável. Véspera de Natal, 1871. Pela primeira vez soa a abertura da *Aida*. A cada compasso, o piso inclinado da platéia pende um pouco mais. Pelo canal de Suez desliza o primeiro navio. Na ponte está uma figura imóvel com uniforme branco de almirante, apontando um telescópio na direção do deserto. Tornarás a ver as florestas, essa a promessa de Amanoroso. Você sabia também que, no tempo de Cipião, ainda era possível viajar do Egito até o Marrocos à sombra das árvores? À sombra das árvores! E agora o fogo irrompe na ópera. Uma conflagração. Com um estrondo os assentos da platéia, junto com todos os espectadores, desaparecem no fosso da orquestra. Através dos rolos de fumaça sob o teto, uma figura desconhecida vem baixando. *Di morte l'angelo a noi s'appressa. Già veggo il ciel dischindersi.* Mas estou divagando. Com estas palavras, Salvatore se levantou. Você sabe como eu sou, disse se despedindo, quando começa a ficar tarde. Eu, porém, continuei sentado durante muito tempo na *piazza* com a imagem do anjo que irrompe deixada por Salvatore,

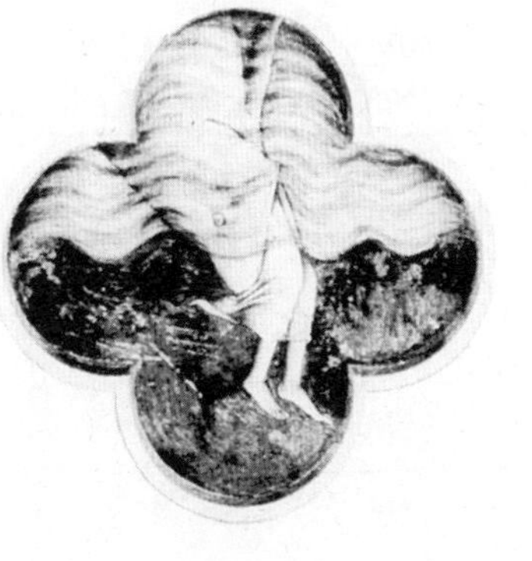

ocupado em tomar notas do relato. Certamente era mais de meia-noite, e o garçom com o avental verde acabara de servir a última rodada quando achei que escutava os cascos de um cavalo sobre o calçamento da praça e o som das rodas de uma carruagem. Mas ver a carruagem eu não vi. Em vez disso, ocorreram-me imagens de uma apresentação ao ar livre da *Aida* que eu vira quando criança em Augsburg, na companhia de minha mãe, e da qual eu não guardara a menor recordação. O cortejo triunfal, composto de um contingente deplorável de cavaleiros e alguns camelos e elefantes desventurados, emprestados do Circo Krone, como soube depois, passou diante de mim várias vezes, como se jamais tivesse sido esquecido, e, a exemplo do que ocorrera então, me embalou em um sono profundo, do qual — embora até hoje eu não saiba direito como — só acordei na manhã seguinte, no meu quarto da Pomba de Ouro.

À guisa de pós-escrito, acrescento apenas que, em abril de 1924, o escritor Franz Werfel visitou seu amigo Franz Kafka, internado na clínica laringológica de Hajek em Viena, com um buquê de rosas e um exemplar a ele dedicado do seu livro que aca-

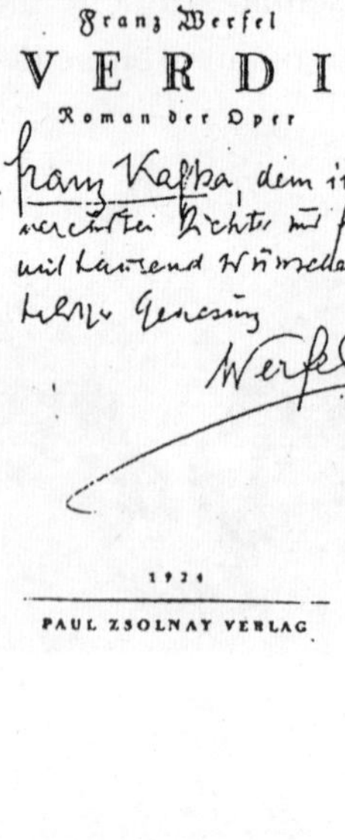
Franz Werfel

VERDI

Roman der Oper

Franz Kafka,

Werfel

1924

PAUL ZSOLNAY VERLAG

bara de sair e que fora universalmente aclamado. O paciente, que nessa altura pesava meros quarenta e cinco quilos e dali a pouco se mudaria pela última vez para Klosterneuburg, provavelmente não terá lido o livro, o que talvez não tenha sido a maior perda que teve de sofrer. Isso, pelo menos, foi o que me pareceu ao folhear esse romance de uma ópera alguns meses atrás, no qual a única coisa digna de nota para mim era que o exemplar que fora parar nas minhas mãos por vias tortas continha o ex-libris de um dr. Hermann Samson, que deve ter adorado de tal forma a *Aida* que escolheu o símbolo da morte que são as pirâmides para sua insígnia.

A VILEGIATURA DO DR. K. EM RIVA

No sábado, dia 6 de setembro de 1913, o dr. K., vice-secretário da Companhia de Seguros dos Trabalhadores de Praga, está a caminho de Viena para participar de um congresso sobre serviços de resgate e higiene. Assim como o destino do ferido no campo de batalha depende da qualidade do primeiro curativo, lê em um jornal que comprou em Gmünd, também os primeiros socorros administrados em acidentes do dia-a-dia são da máxima importância para o prognóstico. Essa frase intranqüiliza o dr. K. quase tanto como a referência ao feixe de eventos sociais que cercará o congresso. Lá fora, já Heiligenstadt. Uma estação de mau agouro, vazia, com trens vazios. Era de fato o fim da linha. O dr. K. sabe que deveria ter pedido de joelhos ao diretor para não levá-lo consigo. Mas agora, claro, era tarde demais,

Em Viena, o dr. K. aluga um quarto no Hotel Matschakerhof, por simpatia a Grillparzer, que sempre almoçou ali. Um gesto de piedade que infelizmente se mostra ineficaz. Na maior parte do tempo, o dr. K. se sente extremamente mal. Sofre de depressão e distúrbios visuais. Embora decline os convites que pode, tem a sensação de estar constantemente na companhia de um número assustador de pessoas. Nessas horas, fica sentado à mesa como um fantasma, tem crises agudas de claustrofobia e supõe que todo olhar de relance enxerga através dele. A seu lado, em contato físico com ele, por assim dizer, está Grillparzer, que de tão velho quase se dissipou. Entrega-se a todo tipo de macaquices e certa vez chega até a pousar a mão no joelho do dr. K. De noite, o dr. K. está arrasado. Seus contratempos de Berlim não lhe saem da cabeça. Ele vira de um lado para o outro na cama, aplica compressas frias na cabeça, fica de pé longamente na frente da janela olhando para a rua embaixo e deseja que estivesse alguns palmos sob a terra. É impossível, ele registra no dia seguinte, levar a única vida possível, viver junto com uma mulher, cada um livre, cada um independente, casados nem na aparência nem na realidade, estar simplesmente juntos, impossível dar o único passo possível para lá da amizade com os homens, pois ali, logo depois da fronteira prescrita, já se ergue o pé que irá esmagá-lo.

Talvez o mais perturbador seja que apesar disso a vida continua, de um modo ou de outro. Assim é, por exemplo, que no curso da tarde o dr. K. se deixa convencer por Otto Pick a acompanhá-lo a Ottakring para visitar Albert Ehrenstein, cujos versos não fazem para ele, dr. K., o menor sentido, nem com toda boa vontade desse mundo. *Você, no entanto, deleita-se com o navio, maculando o lago com velas. Eu busco as profundezas. Mergulhar, derreter, cegar-me em gelo.* No bonde, subitamente, o dr. K. sente uma violenta repulsa por Pick, porque este tem um buraquinho desagradável em sua natureza, para fora do qual ele se arrasta às vezes em sua totalidade, como constata agora o dr. K. A irritação do dr. K. aumenta ainda mais quando verifica que Ehrenstein usa um bigode preto, exatamente como Pick, de quem poderia ser quase irmão gêmeo. Como dois ovos, não pára de pensar o dr. K. compulsivamente. A caminho do Prater, ele experimenta a companhia dos dois como uma crescente monstruosidade, e no lago das gôndolas já se sente totalmente prisioneiro deles. De pouco adianta que o levem de volta a terra firme. Daria no mesmo se o tivessem abatido com o remo. Lise Kaznelson, que também integra a excursão, faz agora um passeio de carrossel pela selva. O dr. K. nota como ela parece desamparada lá em cima, com seu vestido de pregas fofas, bem talhado, mas que lhe cai mal. Na presença dela, como em geral na presença de mulheres, ele sente uma onda de afeto social, mas de resto padece constantemente de uma de suas dores de cabeça. Quando todos, de brincadeira, tiram uma foto como passageiros de um aeroplano que parece voar sobre a roda-gigante e as flechas da Votivkirche, o dr. K. é o único, para sua própria surpresa, que ainda consegue esboçar uma espécie de sorriso nessas

alturas vertiginosas. Em 14 de setembro, o dr. K. viaja para Trieste. Passa umas boas doze horas na ferrovia do sul, sozinho no canto de um vagão. Uma paralisia se difunde por seu corpo. A paisagem passa lá fora, uma série inconsútil de imagens, banhada em uma luz outonal de todo improvável. Embora mal mexa um dedo, às nove e dez daquela noite o dr. K. se acha de fato em Trieste, incompreensivelmente. A cidade já está na escuridão. O dr. K. é levado de imediato a um hotel junto ao porto. Sentado no coche puxado a cavalo, à sua frente as costas largas do cocheiro, ele causa uma impressão bastante misteriosa a si mesmo. As pessoas, parece-lhe, sustam o passo e o seguem com a vista, como se dissessem: ei-lo finalmente.

No hotel, ele se deita na cama, as mãos cruzadas atrás da cabeça, e observa o teto. Gritos esparsos sopram para dentro do quarto pelas cortinas agitadas por uma brisa. O dr. K. sabe que nessa cidade há um anjo de bronze que mata viajantes do norte, e anseia ir embora. Na fronteira entre cansaço lancinante e semi-sono, ele vaga pelas ruas do bairro portuário, sentindo sob a pele como ele, um homem livre, aguardando na calçada, paira alguns centímetros acima do chão. Os reflexos circulares da luz no teto do quarto mostram que a qualquer instante ele se romperá, que algo será revelado imediatamente. Já aparecem fendas no reboco, e numa nuvem de pó de gesso, revelando-se lentamente à meia-luz, baixa uma figura com asas de seda rutilantes, envolta em panos azul-violeta cingidos com cordões dourados, a espada empunhada na horizontal pelo braço erguido. Um verdadeiro anjo, pensou o dr. K., quando recobrou o fôlego, o dia inteiro voou atrás de mim e eu, na minha incredulidade, não me dei conta. Agora ele dirigirá a palavra a mim, pensou, e baixou a vista. Mas quando tornou a erguê-la, o anjo, embora ainda estivesse lá, suspenso um tanto abaixo do teto que se fechara novamente, não era mais um anjo vivo, mas apenas uma carranca pintada de navio, dessas que pendem do teto nas bodegas de marinheiros. A maçã da espada fora desenhada como recipiente de velas e do sebo que escorria.

Na manhã seguinte, o dr. K. cruzou o Adriático em clima levemente tempestuoso e atormentado por uma ligeira sensação de náusea. Muito após tocar terra, se assim se pode dizer, em Veneza, as ondas ainda rebentam em seu corpo. No Hotel Sandwirth, onde se hospeda, escreve a Felice em Berlim, num rasgo de otimismo provavelmente originário do mal-estar que aos poucos se abranda, dizendo que, por mais trêmulo que se sinta, agora pretende mergulhar na cidade e em tudo o que ela tem a oferecer a um viajante como ele. Mesmo a chuva torrencial, que tolda as silhuetas com uma velatura cinza-esverdeada uniforme, não o impediria do seu propósito, não, antes pelo contrário, pois tanto melhor, diz, os dias de Viena seriam lavados da memória. Nada leva a crer, todavia, que o dr. K. tenha deixado o hotel naquele 15 de setembro. Se no fundo já era impossível que estivesse ali, tanto mais impossível era para ele, que estava à beira da dissolução, aventurar-se sob aquele céu de água, sob o qual até as próprias pedras se diluíam. O dr. K., portanto, permanece no hotel. À noitinha, no crepúsculo do saguão, ele escreve outra vez a Felice. Agora já não faz menção de que quer explorar a cidade. Em vez disso, arroladas às pressas sob o cabeçalho do hotel com seus elegantes iates a vapor, há referências ao seu crescente desespero.

Que ele estava sozinho e não trocava palavra com nenhum ser humano, exceto o pessoal do hotel, que a miséria dentro dele estava quase transbordando e que — isso ele podia dizer com certeza — ele estava numa condição que lhe era conforme, atribuída por uma justiça sobrenatural e à qual ele não podia transcender, mas tinha de suportar até o fim dos seus dias.

Como o dr. K. passou na realidade seus poucos dias em Veneza, não sabemos. De todo modo, o humor sombrio parece que não o largou. Aliás, foi somente esse humor, supõe, que lhe permitiu se manter diante dessa cidade, dessa Veneza que deve tê-lo impressionado profundamente, apesar dos casais em lua-de-mel por toda parte, cuja presença mesma parecia zombar dele. Como é bonita, escreve com um ponto de exclamação, em uma daquelas locuções um tanto insensatas na qual a língua, por um instante, dá livre curso às emoções. Como é bonita e como a subestimamos! Mas sobre detalhes o dr. K. se cala. Também não sabemos, como foi dito, o que realmente viu. Não há nem sequer uma alusão de que ele tenha visitado o palácio dos Doges, cujas celas de chumbo assumiriam um papel tão importante no desenvolvimento de suas próprias fantasias de julgamento e punição alguns meses mais tarde. Sabemos apenas que passou quatro dias em Veneza e que então tomou o trem em Santa Lucia para Verona.

Na tarde de sua chegada a Verona, ele seguiu a pé pelo Corso da estação até a cidade, e lá vagou longamente pelas ruas estreitas até entrar, exausto, na igreja de santa Anastácia. Após descansar por uns instantes à meia-luz no ambiente fresco, com sensações ambíguas de gratidão e repugnância, pôs-se novamente a caminho, e ao sair correu ainda os dedos, como se faz a um filho ou irmão menor, pelos cachos marmóreos de uma figura anã que, ao pé de uma das imponentes colunas, sustentava o peso imenso de uma pia de água benta. Nada sugere que ele tenha visto o belo mural de são Jorge pintado por Pisanello acima da entrada da capela dos Pellegrini. Pode-se provar, porém, que quando o dr. K. se achou outra vez sob o pórtico, na soleira entre o interior escuro e a claridade lá fora, sentiu por um instante como se a mesma igreja da qual acabara de sair fora construída ali, portão com portão, uma duplicação que lhe era familiar dos seus sonhos, nos quais tudo constantemente se dividia e multiplicava, mais e mais, de forma aterradora.

À noitinha, o dr. K. começou a reparar no volume crescente de pessoas nas ruas, ao que tudo indicava com o único propósito de se divertirem, todas em pares ou mesmo em grupos de três ou quatro andando de braços dados. Talvez tenham sido os cartazes, ainda afixados por todo canto da cidade, anunciando os *spettacoli lirici all'Arena* do mês de agosto e a palavra AIDA impressa em letras garrafais que o induziram a achar que o espetáculo de despreocupação e harmonia dado pela população de Verona tinha algo de teatral, encenado expressamente para lhe apontar sua solidão e extravagância, um pensamento que não lhe saiu mais da cabeça e do qual só foi capaz de se livrar buscando refúgio em um cinema, provavelmente o Cinema Pathè di San Sebastiano. Aos prantos, registrou o dr. K. no dia seguinte em Desenzano, ele ficou ali sentado na escuridão daquela sala de cinematógrafo, seguindo a transformação em imagens das minúsculas partículas de pó cintilantes no cone de luz do projetor. As notas tomadas em Desenzano, todavia, não contêm nenhuma referência ao que o dr. K. viu nesse 20 de setembro em Verona. Terá sido o cinejornal com a revista da cavalaria na presença de Sua Majestade Vittorio Emanuele III e a fita *La lezione dell'abisso*, que, como descobri na Biblioteca Civica, foram exibidos nesse dia no Pathè e dos quais não há mais traço? Ou terá sido então, como supus de início, uma história que esteve em cartaz com algum sucesso nos cinemas austríacos em 1913, a história do infeliz estudante de Praga que se desligou do amor e da vida quando, no dia 13 de maio de 1820, vendeu sua alma a um certo Scapinelli? As extraordinárias tomadas externas contidas nesse filme, as silhuetas da sua cidade natal tremeluzentes na tela, com certeza bastariam para calar fundo no dr. K., e sobretudo, claro, o drama do herói epônimo, Balduin, no qual ele teria reconhecido sem dúvida seu duplo, tal como Balduin o reconhece no irmão de casaco escuro do qual ele jamais e em parte alguma pode escapar. Já em uma das primeiras cenas, Balduin, o melhor espadachim de Praga, defronta sua própria imagem no espelho,

e logo em seguida, para seu espanto, ela dá um passo para fora da moldura, para dali em diante segui-lo como o espectro de seu desassossego. Não teria isso parecido ao dr. K. como a descrição de uma luta na qual, a exemplo daquela outra em Laurenziberg, o personagem principal entretém com seu adversário a mais estreita e autodestrutiva das relações, de tal maneira que, quando o herói é encurralado pelo companheiro, se vê obrigado a declarar: estou noivo, eu admito. E que mais resta a alguém encurralado de tal forma senão tentar se desvencilhar do companheiro mudo com um tiro de pistola, que o filme mudo, aliás, torna evidente como uma pequena nuvem de fumaça. Naquele instante que de algum modo se alça sobre o curso do tempo, no qual o tempo se dissolve, Balduin se liberta dos seus delírios. Ele toma fôlego, percebe ao mesmo tempo que a bala lhe atravessou o próprio peito e morre uma morte ostensiva na parte inferior da imagem, a cena inteira como uma luz evanescente, retratando a ária muda do herói que expira. Estertores desse tipo, tais como costumam ocorrer na ópera quando, como o dr. K. escreve, a voz vagueia pela melodia, não lhe eram ridículos em absoluto, mas a expressão da nossa, digamos, infelicidade natural, afinal nossa vida inteira, ele observa em outra parte, nós jazemos sobre o tablado e morremos.

Em 21 de setembro, o dr. K. encontra-se em Desenzano, na margem sul do lago de Garda. A maioria dos habitantes do vilarejo se reuniu para receber o vice-secretário da Companhia de Seguros dos Trabalhadores de Praga. O dr. K., no entanto, está

deitado na grama lá embaixo junto ao lago, à sua frente as ondas nos caniços, à direita o promontório de Sirmione, à esquerda as margens que seguem até Manerba. Simplesmente ficar deitado na grama, esse é um dos passatempos preferidos do dr. K. em dias melhores. Em momentos assim, como ocorreu uma vez em Praga, por exemplo, quando um senhor de alta distinção com quem ele tivera negócios ocasionais passou por ele numa carruagem de dois cavalos, o dr. K. desfruta os prazeres (mas, como ele próprio escreve, só os prazeres) de ser um desclassificado. Em Desenzano, porém, mesmo essa modesta felicidade lhe escapa. Ao contrário, ele está é doente, doente aos quatros ventos, diz. E como único consolo lhe resta que ninguém sabe onde ele está. Não se tem notícia de quanto tempo os habitantes de Desenzano continuaram à espera do vice-secretário de Praga nessa tarde,

nem quando, desapontados, se dispersaram. Um deles, dizem, fez a afirmação de que aqueles em quem depositamos nossa confiança só chegam quando ninguém mais precisa.

Depois desse dia não menos deprimente para ele quanto para os habitantes de Desenzano, o dr. K. passa três semanas nas termas do dr. Von Hartungen em Riva, aonde chega de vapor ainda antes do anoitecer. Um empregado da casa com um longo avental verde, amarrado às costas com uma correntinha de bronze, acompanha o dr. K. até seu quarto, de cuja sacada ele avista o lago, em perfeita calma na noite que cai. Tudo agora é azul sobre azul, e nada parece mais se mexer, nem sequer o vapor, já um tanto distante lago adentro. De manhã já começa a rotina das termas. No intervalo entre as diversas duchas frias e

o tratamento elétrico que lhe é prescrito, o dr. K. tenta o máximo possível imergir na tranqüilidade, mas os desgostos que teve

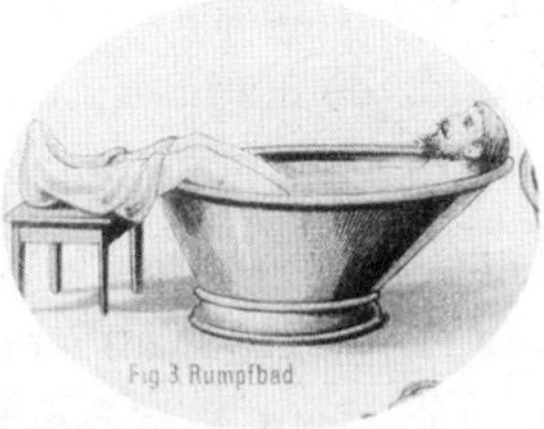

com Felice, e ela com ele, continuamente lhe ocorrem, como se fossem uma coisa viva, sobretudo ao despertar, mas também durante as refeições. Acontece então de ele se sentir paralisado e incapaz de empunhar garfo e faca.

Aliás, à sua direita na mesa senta-se um velho general que permanece calado a maior parte do tempo, mas que de vez em quando faz observações agudas e abissais. Certa feita, erguendo de repente a vista do livro que sempre mantém aberto ao seu lado, ele diz que, pensando bem, um vasto campo de contingências insondáveis se estende entre a lógica do plano de combate e a lógica dos comunicados oficiais, ambos os quais lhe eram conhecidos como a palma da mão. Miudezas que escapam à nossa percepção decidem tudo! Nas grandes batalhas da história mundial tinha sido exatamente assim. Miudezas, mas que pesam tanto quanto cinqüenta mil soldados e cavalos mortos em Waterloo. Em última instância, tudo era uma questão do peso específico. Stendhal tinha tido uma noção mais precisa disso do que todo o estado-maior, e agora, nos seus dias de velhice, ele virara seu aprendiz, para que não morresse sem algum entendimento. Esta era uma idéia no fundo absurda, que se pode influenciar o curso dos acontecimentos com uma guinada do leme, com o arbítrio, ao passo que de fato tudo era determinado pelas mais complexas relações.

Embora saiba que essas observações não são dirigidas a ele, ao escutar as frases do seu vizinho de mesa o dr. K. sente dentro de si uma ligeira onda de confiança e uma espécie de solidariedade tácita. A jovem à sua esquerda, que ele supõe infeliz em razão do senhor calado à sua direita, isto é, em razão dele próprio, agora começa notavelmente a ganhar contorno para ele. É um tanto baixa de estatura, vem de Gênova, parece bem italiana, mas é na verdade da Suíça, e, como se revela agora, possui uma voz de timbre curiosamente escuro. Sempre que ela lhe dirige uma palavra com aquela voz, o que raramente ocorre, parece ao dr. K. como uma extraordinária expressão de confiança. Enferma que está, ela se torna muito preciosa para ele, e em breve ele rema um pouco lago adentro com ela durante as tardes. As paredes rochosas erguem-se da água na bela luz de outono, em matizes de verde, como se a região inteira fosse um álbum e as montanhas tivessem sido desenhadas na página em branco por um diletante dotado de sensibilidade, como uma recordação para a proprietária do álbum.

Lá eles contam um para o outro a história das suas doenças, ambos, diríamos, levados por uma melhora passageira do seu estado e uma sensação de sereno torpor. O dr. K. desenvolve uma teoria fragmentária do amor incorpóreo, na qual não existe diferença entre intimidade e distanciamento. Se abríssemos os olhos, veríamos que a natureza é nossa felicidade e não nossos corpos, que há muito tempo já não fazem parte da natureza. É por isso que todos os falsos amantes — e todos os amantes, diz, são falsos — fecharam os olhos no amor, ou então, o que dava no mesmo, os mantiveram bem abertos por avidez. Jamais ficávamos tão desamparados e tão insensatos como nessa condição. Nossos sonhos perdiam então todo o controle. Ficávamos sujeitos a uma constante compulsão de variar e repetir as coisas, que, como ele tinha sentido várias vezes na própria pele, destruía tudo, inclusive a imagem da pessoa amada à qual tentávamos nos ater. Era estranho, aliás, que em tais condições, que a seu ver beiravam realmente a loucura, a única coisa que lhe ajudava era pespegar na sua consciência um imaginário tricórnio napoleônico preto. No momento, entretanto, nada lhe era menos necessário que um tal tricórnio, pois lá no lago eles eram quase incorpóreos e possuíam uma compreensão natural de sua própria insignificância.

De acordo com as vontades expressas pelo dr. K., ambos concordaram que nenhum dos dois divulgaria o nome do outro, que não trocariam nenhuma foto, nenhum pedaço de papel, nenhuma palavra escrita e que, transcorridos os poucos dias que ainda lhes restavam juntos, cada qual devia simplesmente deixar o outro partir. Mas obviamente não foi assim tão fácil, e quando chegou a hora da despedida o dr. K. teve de inventar todo tipo de graça para que a moça de Gênova não começasse a soluçar na frente do grupo inteiro. Quando o dr. K. finalmente a acompanhou na descida até o cais do porto e ela transpôs com passos incertos a pequena prancha para embarcar no vapor, ocorreu-lhe que, algumas noites antes, eles haviam se juntado a algumas outras pessoas e uma jovem russa muito elegante, muito rica, lhes havia lido a sorte pelas cartas, fosse por tédio ou desespero — afinal, gente elegante se sente mais perdida entre deselegantes do que vice-versa. Como em geral acontece, nada de relevante emergiu da brincadeira, mas só coisa frívola e burlesca. Apenas quando chegou a vez da moça de Gênova surgiu uma constelação inequívoca, segundo a qual ela, como lhe explicou a senhora russa, jamais entraria no chamado estado de matrimônio. Nesse momento, foi inquietante ao extremo para o dr. K. que justamente à garota a quem se destinavam todas as suas simpatias e que ele, desde que a vira pela primeira vez, chamava consigo de sereia, devido a seus olhos verde-água, que justamente a ela fosse predito pelas cartas uma vida solitária, embora ela não tivesse nada de solteirona, com exceção talvez do penteado, como ele agora admitia ao vê-la pela última vez, enquanto ela, a mão direita na balaustrada, descrevia algo desajeitada com a esquerda o sinal que significava o fim.

O vapor então zarpou e, soando várias vezes a buzina, deslizou pelo lago em ângulo oblíquo. A ondina continuava de pé junto à balaustrada. Mal se podia reconhecê-la. Por fim, o próprio navio quase não se avista mais, só a esteira branca que deixava na água, que pouco a pouco também se acalmou. Quanto às cartas, o dr. K., no caminho de volta ao sanatório, teve de reconhecer que também no seu caso elas resultaram em uma constelação inequívoca, na medida em que todas as cartas que não mostravam somente números, mas figuras humanas, estavam invariavelmente afastadas o máximo possível da sua pessoa, nos limites do baralho, por assim dizer. De fato, na primeira vez em que as cartas foram postas, havia somente duas dessas figuras, e da segunda vez nenhuma, uma distribuição evidentemente pouquíssimo comum que levou a dama russa a fitá-lo nos olhos de baixo para cima e dizer que ele era com certeza o hóspede mais estranho de Riva em tempos.

No dia seguinte à partida da sereia, o dr. K. descansava deitado nas primeiras horas da tarde, como previa o regulamento da casa, quando escutou passos apressados no corredor diante da porta do quarto, e o silêncio costumeiro mal havia retornado quando começaram de novo, mas dessa vez na outra direção. Quando o dr. K. espiou o corredor para descobrir a causa de todo esse vaivém contrário aos hábitos da casa, viu o dr. Von Hartungen, o guarda-pó branco esvoaçante e acompanhado de duas enfermeiras, acabando de dobrar o corredor. No final da tarde, reinava em todos os recintos sociais um ambiente peculiarmente contido, e no chá era patente o comportamento monossilábico do pessoal. Os hóspedes do sanatório trocavam olhares com certa consternação, como crianças de castigo, proibidas pelos pais de falar. No jantar, o comensal da direita do dr. K., general reformado dos hussardos Ludwig von Koch, que nesse meio-tempo ele passara a considerar uma espécie de mobília dileta e a quem esperava recorrer como consolo após a perda da moça de Gênova, não estava em seu lugar. Agora ele não tem mais nenhum vizinho de mesa e fica ali sentado sozinho, como alguém com uma doença contagiosa. Na manhã seguinte, a direção do sanatório comunicou que o major-general Ludwig von Koch, de Neusiedl, na Hungria, falecera nas primeiras horas da tarde do dia anterior. Em resposta a suas perguntas insistentes, o dr. K. fica sabendo pelo dr. Von Hartungen que o sr. Von Koch suicidara-se com a sua velha pistola do Exército. De algum modo incompreensível, acrescenta o dr. Von Hartungen com um gesto nervoso, ele havia conseguido atirar tanto no coração quanto na cabeça. Fora encontrado em sua poltrona, o romance que sempre estava lendo aberto no colo.

O enterro, que aconteceu em 6 de outubro em Riva, foi um negócio triste. O único parente do general, que não tinha nem mulher nem filhos, não pôde ser notificado a tempo. O dr. Von Hartungen, uma das enfermeiras e o dr. K. foram os únicos a acompanhar o funeral. O padre, que relutava em sepultar um suicida, desincumbiu-se da tarefa de maneira extremamente sumária. A oração fúnebre restringiu-se a um apelo ao todo-poderoso em sua infinita bondade para conceder paz eterna a essa alma taciturna e aflita — *quest'uomo più taciturno e mesto*, disse o padre, os olhos voltados para o alto em sinal de reprovação. O dr. K. secundou esse parco pedido e, concluída a cerimônia com mais algumas palavras murmuradas, retornou ao sanatório mantendo-se a certa distância atrás do dr. Von Hartungen. O sol de outono brilhou tão quente nesse dia que o dr. K. foi obrigado a tirar o chapéu e carregá-lo na mão.

No curso dos anos seguintes, sombras extensas recaíram sobre aqueles dias de outono em Riva, que, como o dr. K. disse certa vez a si mesmo, foram tão belos quanto terríveis, e dessas sombras surgiram aos poucos os contornos de uma barca com mastros de uma altura inconcebível e velas sombrias penduradas

em dobras. Leva três anos inteiros até que a barca, como se trazida pelas águas, flutue sem ruído para dentro do pequeno porto de Riva. Ela atraca nas primeiras horas da manhã. Um homem de macacão azul salta em terra e amarra os cabos. Atrás do barqueiro, dois outros homens de paletó preto com botões prateados carregam um caixão no qual jaz, sob um pano de motivos florais, o que é obviamente um corpo humano. É Gracchus, o caçador. Sua chegada já havia sido comunicada à meia-noite a Salvatore, o *podestà* de Riva, por um pombo do tamanho de um galo, que entrara voando pela janela do seu dormitório e então lhe sussurrara ao ouvido. Amanhã, disse o pombo, chegará o finado caçador Gracchus, receba-o em nome da cidade. Após breve hesitação, Salvatore se levantou e encaminhou os preparativos necessários. Agora, ao entrar no escritório do prefeito à luz da alvorada, a bengala e a cartola com fita em sinal de luto na mão direita calçada com luva preta, ele constata para sua satisfação que suas instruções foram seguidas corretamente. Os cinqüenta garotos que formam a guarda de honra se acham postados no longo corredor, e num dos aposentos dos fundos do andar de cima, como lhe dá a entender o barqueiro que o encontra no vestíbulo, o caçador Gracchus já está sendo velado em seu caixão, um homem, agora se revela, com cabelos e barba em selvagem desalinho e com uma pele tostada, para não dizer curtida feito couro.

Nós, leitores, as únicas testemunhas da conversa entre o caçador e o prefeito da comunidade de Riva, pouco ficamos sabendo do destino de Gracchus, salvo que muitos e muitos anos antes, na Floresta Negra, onde se punha de sobreaviso contra os lobos que na época ainda rondavam a região, ele saíra no encalço de uma camurça — e não é essa uma das informações falsas mais estranhas de todos os contos que já foram contados? —, saíra no encalço de uma camurça e despencara fatalmente de uma parede rochosa, e que, devido a um movimento em falso do leme, um instante de desatenção do timoneiro, distraído pela beleza do país verde-escuro do caçador, a barca que deveria tê-lo levado até a outra margem não conseguiu realizar a travessia, razão pela qual ele, Gracchus, cruzava os mares do mundo desde então, sem descanso, como ele relata, tentando uma vez aqui, outra vez ali tocar a terra. A questão de saber de quem é a culpa por esse inegável infortúnio continua sem solução, como aliás a própria questão de saber no que consiste afinal a culpa, a causa óbvia do seu infortúnio. Mas como foi o dr. K. que inventou essa história, parece-me que o sentido da viagem ininterrupta do caçador Gracchus reside na penitência do anseio pelo amor, que sempre assalta o dr. K., como ele escreve em uma das inúmeras cartas "Fledermaus" a Felice, no ponto exato onde aparentemente, e segundo a lei natural das coisas, não há nada a ser desfrutado. Para melhor elucidar essa observação um tanto impenetrável, o dr. K. menciona um episódio de "anteontem à noite", no qual o filho (já com os seus quarenta anos) do proprietário de uma livraria judaica de Praga torna-se o foco da emoção ilegítima da qual fala a carta. Esse homem, em nada atraente, quando não repulsivo, a quem quase tudo na vida foram tristezas e que passa o dia inteiro na minúscula lojinha do pai, onde tira o pó das estolas de prece ou espia a rua através das frestas entre os livros que, o dr. K. nota expressamente, são em sua maioria de natureza obscena, essa triste criatura, que, como o dr. K. sabe, sente ser alemão e por isso vai à Deutsches Haus toda noite após o jantar para ali, como membro do Cassino Clube Alemão, dedicar as últimas horas do dia à sua ilusão, torna-se para o dr. K., no episódio que ocorreu anteontem, como relata a Felice, objeto do seu fascínio de uma maneira que ele próprio não é capaz de explicar totalmente. Por acaso, escreve o dr. K., avistei-o anteontem à noite saindo de casa. Ele caminhava à minha frente, tal e qual o jovem que eu ainda tinha na memória. Suas costas são notavelmente largas, e ele caminha tão curiosamente aprumado que não se sabe se ele é aprumado ou tem má-formação; de todo modo, ele é bastante ossudo e tem uma mandíbula poderosa. Você agora entende, meu amor, escreve o dr. K., você consegue entender (*por favor me diga!*) por que eu segui esse homem pela Zeltnergasse, como se ardente de desejo, virei no Graben atrás dele e, com infinito prazer, vi-o desaparecer no portão da Deutsches Haus?

Com certeza não faltou muito para que o dr. K. fizesse nessa altura a confissão de um desejo que, devemos supor, permaneceu insatisfeito. Mas em vez disso ele termina a carta às pressas observando que já é tarde, uma carta, aliás, em cujo início ele se refere a uma fotografia de uma sobrinha de Felice, da qual diz: Sim, essa menininha merece ser amada. Aquele olhar amedrontado, como se todos os horrores da terra lhe tivessem sido revelados lá no ateliê. Mas que amor não teria sido preciso para poupar à criança os horrores do amor, que para o dr. K. eram os primeiros entre todos os horrores da terra? E como nos precaver para que, incapazes de partir dessa vida, não acabemos entrevados diante do *podestà*, com uma doença que só pode ser curada na cama, e para que, num momento de distração, como faz o caçador Gracchus, não pousemos sorridentes a mão no joelho daquele que deveria ser afinal nossa salvação?

IL RITORNO IN PATRIA

Em novembro de 1987, depois de passar as últimas semanas do verão em Verona, ocupado com meus diversos trabalhos, e o mês de outubro, porque eu não conseguia mais esperar o começo do inverno, num hotel muito acima de Bruneck, no final da vegetação, decidi uma tarde, quando o Grossvenediger emergiu detrás de uma nuvem num dia especialmente misterioso, regressar à Inglaterra, mas antes disso ir a W., onde eu não estivera mais desde a infância. Como só havia um único ônibus de Innsbruck a Schattwald, e esse, até onde pude descobrir, às sete da manhã, não tive alternativa senão tomar o expresso noturno via Brenner, um trem com desagradáveis recordações para mim, que chega a Innsbruck por volta das quatro e meia. Em Innsbruck, como sempre que chego lá, não importa em que época do ano, o tempo estava péssimo. Mais de cinco ou seis graus com certeza não fazia, e as nuvens estavam tão baixas que as casas nelas desapareciam e a aurora não conseguia rompê-las. Além disso, chovia sem parar. Estava fora de cogitação, portanto, passear pela cidade ou ao longo do Inn. Observei mais além, pelo átrio deserto da estação. De vez em quando algum veículo movia-se lentamente sobre as ruas pretas cintilantes. Os últimos exemplares de uma espécie anfíbia ameaçada de extinção, que agora se recolhia à profundeza das águas. As bilheterias também estavam vazias, à exceção de um sujeitinho papudo de japona. Segurando o guarda-chuva gotejante contra o ombro, com a ponta para cima como uma espingarda, ele andava de lá para cá a passos uniformes e realizava meias-voltas tão precisas que parecia guardar o túmulo do soldado desconhecido. Os pedintes apareceram, um depois do outro, mal se poderia dizer de onde. Ao todo eram agora uma dúzia de pedintes, entre eles uma mulher. Formavam um grupo animado em torno de uma caixa de cerveja Gösser que surgira de repente no meio deles, por assim dizer do nada, miraculosamente. Unidos pelo inveterado alcoolismo tirolês, conhecido pelo seu extremismo muito além das fronteiras da região, esses pedintes de Innsbruck, parte dos quais mal acabara de abandonar a vida burguesa, ao passo que outra parte já estava absolutamente arruinada, mas todos, sem distinção, com um quê filosófico ou até mesmo teológico a seu respeito, estendiam-se sobre os acontecimentos do dia bem como sobre as questões mais fundamentais, sendo que, em geral, aqueles que tomavam a palavra aos brados eram os mesmos que se calavam no meio da frase, como se fulminados. Não importa qual fosse o tema do debate, cada afirmação era sublinhada por gestos altamente teatrais e categóricos, e mesmo quando um deles, já incapaz de formular em palavras o pensamento que acabara de lhe vir à cabeça, fazia um gesto de recusa cheio de desprezo, parecia-me que essa gesticulação provinha de um repertório dramático particular, completamente desconhecido de nossos palcos. Isso provavelmente porque os pedintes, que seguravam todos a garrafa de cerveja na mão direita, atuavam por assim dizer com um braço só, canhotos. E talvez, concluí com base nessa observação, seria um bom exercício amarrar a mão direita atrás das costas de todos os alunos de teatro durante um ano, no início de sua formação. Com reflexões desse tipo, passei o tempo até que um número crescente de passageiros começou a atravessar o saguão, e os pedintes se retiraram. Às seis em ponto, os chamados Tiroler Stuben abriram. Sentei-me em um desses restaurantes que, no quesito melancolia, superam de longe todos os outros bares de estação que conheço, pedi um café e folheei o *Tiroler Nachrichten*. Ambos, o café tirolês e o *Tiroler Nachrichten*, tiveram efeito nocivo sobre meu humor. Em nada me surpreendeu, portanto, que as coisas tenham ficado ainda piores quando a garçonete, a quem fiz uma observação a meu ver nada indelicada sobre o café de chicória tirolês, soltou os cachorros em cima de mim da maneira mais destemperada que se pode imaginar.

Tiritando de frio e tresnoitado como eu estava, a insolência dessa garçonete de Innsbruck me correu sob a pele como um veneno que age sobre os nervos. As letras no jornal vacilaram e se confundiram diante dos meus olhos, e mais de uma vez tive a sensação de um violento engasgo dentro de mim. Apenas quando o ônibus deixava a cidade fui me sentido gradualmente um pouco melhor. Continuava chovendo a cântaros, tanto que as próprias casas situadas perto da estrada só podiam ser reconhecidas pela silhueta, e das montanhas não havia nem sinal. De tempo em tempo, o ônibus encostava para que uma das senhoras de idade que aguardavam a certos intervalos na beira da estrada sob seus guarda-chuvas pretos pudessem subir. Logo se reuniu, dessa maneira, um número considerável de tais tirolesas. No dialeto que me era familiar da infância, articulado atrás da garganta como uma linguagem de pássaros, conversavam sobretudo, ou melhor, exclusivamente sobre a chuva que não queria mais parar, que em muitos lugares já havia causado sérios deslizamentos. Falavam do feno que apodrecia nos campos e das batatas que apodreciam no solo, das groselhas, que já pelo terceiro ano consecutivo davam em nada, do sabugueiro, que aquele ano florescera apenas no início de agosto e, ainda em flor, tinha apodrecido com tanta chuva, e também do fato de que nem uma única maçã comestível tinha sido colhida em toda a região. Enquanto iam discutindo os efeitos do clima que só fazia piorar, queixando-se da falta de calor e da falta de luz, lá fora o tempo abria, a princípio timidamente, depois mais e mais. Podia-se ver o rio Inn, suas águas que serpentavam por vastos campos de pedra, e em breve já se avistavam também belas campinas verdes. O sol apareceu, a paisagem inteira radiou, as tirolesas se calaram uma após a outra e agora olhavam para aquilo que passava lá fora como um milagre. Eu próprio sentia a mesma coisa. A região recém-envernizada — avançávamos pelo vale do Inn na direção do desfiladeiro de Fern —, as florestas fumegantes, o firmamento azul, tudo isso, até para mim que tinha vindo do sul e só tivera de suportar a escuridão tirolesa por algumas horas, foi como uma revelação. A certa altura, notei no meio de um prado verde algumas galinhas que, embora não tivesse parado de chover fazia muito tempo, haviam se afastado um trecho enorme, sobretudo para esses bichinhos brancos, assim me pareceu, da casa à qual pertenciam. Por alguma razão que me escapa, tanto agora como antes, a visão desse pequeno bando de galinhas que se aventurara tão longe em campo aberto calou profundamente no meu peito. Não sei, de fato, o que às vezes me toca tanto em determinadas coisas ou criaturas. Subíamos agora pouco a pouco. Os suportes escarlates dos lariços brilhavam nas encostas das montanhas, e revelou-se que a neve caíra até bem embaixo. Atravessamos o desfiladeiro de Fern. Fiquei maravilhado com as ladeiras cobertas de seixos, que iam das montanhas até as florestas abaixo como dedos no cabelo, e me admirei outra vez com a misteriosa câmara lenta das cachoeiras que, ao menos até onde me lembro, se lançavam idênticas das paredes rochosas. Num trecho sinuoso da estrada, olhei do ônibus que fazia a curva para o abismo lá embaixo e avistei as superfícies azuis-turquesa dos lagos Fernstein e Samaranger, que, na minha infância, em nossa primeira excursão pelo Tirol com o 170 Diesel do chofer Göhl, já tinham me parecido a quintessência de toda beleza concebível.

Por volta do meio-dia — as tirolesas havia muito tinham descido todas em Reutte, em Weissenbach, em Haller, Tannheim e Schattwald —, o ônibus, comigo como o último passageiro, chegou ao posto alfandegário de Oberjoch. O tempo, nesse intervalo, virara outra vez. Uma camada de nuvem escura, tirante ao preto, pairava sobre todo o vale Tannheim, e a atmosfera carregada dava uma impressão sombria e desoladora. Nada se movia um único milímetro. Nem sequer um automóvel era visto no trecho de estrada que se perdia nas profundezas remotas do vale. De um lado, as montanhas erguiam-se entre as nuvens, do outro estendia-se um terreno pantanoso encharcado, e atrás dele, a partir do Vilsgrund, levantava-se a floresta cônica de Pfronten, que consistia unicamente de pinheiros negro-azulados. O inspetor alfandegário de plantão, que, assim me disse, morava em Maria Rain, prometeu-me entregar minha mala na pensão Engelwirt depois de terminar o serviço, em seu caminho para casa passando por W. Pude assim, após trocar mais algumas palavras com ele sobre o clima miserável dessa época do ano, seguir a pé carregando apenas a pequena mochila de couro no ombro pelos pântanos que margeiam a terra de ninguém e pela garganta Alpsteig abaixo até Krummenbach, e dali até W. passando pelo Unterjoch, pelo Pfeiffermühle e pelo Enge Plätt. A garganta estava imersa em uma escuridão que eu não teria imaginado possível no meio do dia. Somente à minha esquerda, sobre o riacho que não se podia ver da trilha, oscilava uma luz minguada. Pinheiros sem ramos, de uns bons setenta ou oitenta anos, cobriam as vertentes. Mesmo aqueles que cresciam da parte mais funda da garganta tinham suas copas verde-escuras só muito acima do nível em que corria o caminho. Sempre que o ar lá em cima se movimentava um pouco, choviam gotas d'água em bátegas. Em trechos de clareira cresciam faias isoladas, fazia tempo já sem folhas, a ramagem e os troncos enegrecidos pela constante umidade. Não havia outro som na garganta a não ser o da água em seu fundo, nenhum canto de pássaro, nada. Cada vez mais uma sensação de angústia me oprimia o peito, e me parecia que, quanto mais eu descia, mais frio e escuro ficava. Em um dos poucos lugares abertos, onde de uma espécie de púlpito era possível avistar tanto uma cachoeira e um poço abaixo quanto o céu acima, sem que eu fosse capaz de dizer qual dos dois propiciava uma vista mais inquietante, vi, através das árvores de elevação aparentemente infinita, flocos de neve nas alturas cinza-chumbo, mas nada disso penetrava até a garganta. Após outra meia hora de caminhada, quando a garganta chegou ao fim e descobriu-se a pradaria de Krummenbach, demorei-me um bom tempo sob as últimas árvores, observando da escuridão a maravilhosa neve cinza-esbranquiçada que caía, cujo silêncio extinguia completamente a escassa cor pálida nos campos úmidos e desertos. Perto da orla da floresta ficava a capela de Krummenbach, tão pequena que com certeza não teria sido possível para mais de uma dúzia assistir a uma missa ou fazer suas preces ao mesmo tempo. Sentei-me por uns instantes nessa cela murada. Lá fora, flocos de neve passavam diante da minúscula janela, e em breve me pareceu estar a bordo de um barco, atravessando a vastidão das águas. O cheiro de cal úmida transformou-se em ar marinho; senti o borrifo do vento na testa e a oscilação das tábuas sob os pés, e entreguei-me à idéia de uma viagem de navio, para além das montanhas inundadas. Mas da capela de Krummenbach, o que mais me ficou na memória, à parte a transformação dos seus muros em um barquinho de madeira, foram as estações da cruz, pintadas por uma mão inábil em meados do século XVIII, metade das quais já coberta e comida pelo mofo. Mesmo nas cenas mais ou menos preservadas, pouco se podia reconhecer com alguma certeza — rostos distorcidos pela dor e raiva, membros deslocados, um braço erguido para bater. As roupas, pintadas em cor escura, haviam se mesclado irremediavelmente ao pano de fundo, também irreconhecível. Daquilo que mal restara para ver, era como ter diante de si uma espécie de batalha fantasmagórica de rostos e mãos suspensos nas trevas da derrocada. Não pude e não posso me lembrar se, quando criança, estive na capela de Krummenbach com meu avô, que me levava consigo a toda parte. Mas capelas como a de Krummenbach havia aos montes ao redor de W., e muito do que nelas vi ou senti terá ficado em mim, o medo das atrocidades lá representadas não menos que o desejo, em toda a sua impossibilidade, de recuperar a perfeita calma que nelas reinava. Quando a neve amainou, pus-me novamente a caminho, pela Bränte e ao longo do Krummenbach até Unterjoch, onde tomei uma sopa de pão e bebi meio litro de vinho tirolês na pensão Hirschwirt, a fim de me esquentar e me preparar para a etapa seguinte, que teria o dobro de distância. Instigado talvez pelas tristes imagens na capela de Krummenbach, Tiepolo me veio outra vez à memória, e a idéia, por mim acalentada havia tempo, de que, ao partir de Veneza e atravessar o Brenner com seus filhos Lorenzo e Domenico no outono de 1750, ele decidira em Zirl, ao contrário do conselho que recebera para sair do Tirol via Seefeld, seguir no rumo oeste via Telfs, atrás dos vagões de sal pelos desfiladeiros de Fern e de Gaicht, atravessando o vale de Tannheim, o Oberjoch e o vale de Iller até a planície. E vi Tiepolo, que nessa época devia ter seus sessenta anos e já sofria muito de gota, deitado no frio dos meses de inverno no alto do andaime, meio metro sob o teto da escadaria do palácio de Würzburg, o rosto salpicado de cal e têmpera, aplicando as cores com mão segura, a despeito das dores no braço direito, na imensa pintura prodigiosa que surgia mancha a mancha do reboco úmido. Com tais fantasias na cabeça e pensando também no pintor de Kummenbach, que talvez no inverno do mesmo ano trabalhava em suas pequenas catorze estações da cruz com afinco igual ao de Tiepolo em seu majestoso afresco, segui caminhando, já devia ser por volta das três horas, pelos campos abaixo do Sorgschrofen e do Sorgalpe, até chegar à estrada pouco antes do Pfeiffermühle. Dali, era mais uma hora até W. A última luz do dia já minguava quando cheguei a Enge Plätt. À esquerda estava o rio, à direita as paredes rochosas gotejantes, pelas quais a estrada fora aberta a dinamite na virada do século. Acima, à minha frente e logo também atrás de mim, nada a não ser as imóveis florestas negras de abetos. O último trecho de fato não acabava mais, como eu me lembrava dos velhos tempos. Em Engen Plätt ocorreu em abril de 1945 um chamado último combate, no qual, como diz a cruz de ferro que se acha até hoje no cemitério de W., morreram pela pátria Alois Thimet, de Rosenheim, de vinte e quatro anos, Erich Daimler, de Stuttgart, de quarenta e um anos, Rudolf Leitenstorfer (local de nascimento desconhecido), de dezessete anos, e Werner Hempel (ano de nascimento desconhecido), de Börneke. Durante a minha infância em W., ouvi falar várias vezes desse último combate e imaginava os combatentes com rostos enegrecidos de fuligem, agachados atrás de um tronco com a arma engatilhada, ou saltando de pedra em pedra sobre os abismos mais profundos, suspensos imóveis no ar, pelo menos por tanto tempo quanto eu conseguia prender a respiração ou não abrir os olhos.

Quando saí de Plätt, já era quase noite. Névoas brancas subiam dos campos, e lá embaixo, junto ao rio, agora já bem distante, erguia-se a serraria preta, que nos anos 50, logo após eu começar a escola, queimou junto com o depósito de madeira num incêndio que iluminou todo o vale. A escuridão desceu agora também sobre a estrada. Antes, quando calçada somente com cascalho de cal branco, era mais fácil caminhar nela, passou-me pela cabeça. Uma faixa clara, ela se estendia à frente da pessoa mesmo na escuridão de uma noite sem estrelas, pensei comigo, percebendo de repente que eu mal conseguia levantar os pés de tanto cansaço. Além disso, parecia-me estranho que, em todo o trecho desde Unterjoch, nenhum veículo tinha me ultrapassado ou vindo na outra direção. Demorei-me longamente sobre a ponte de pedra um pouco antes das primeiras casas de W., escutando o murmúrio uniforme do Ach e observando as trevas que agora envolviam tudo. Em um terreno baldio ao lado da ponte, no qual cresciam salgueiros, beladonas, bardanas, verbascos, verbenas e artemísias, sempre houvera ali um acampamento de ciganos nos meses de verão após a guerra. Quando íamos à piscina construída pelo município em 1936 para promover a saúde pública, tínhamos de passar pelos ciganos, e toda vez minha mãe me pegava no colo nesse ponto. Sobre seu ombro, eu via os ciganos erguerem brevemente a vista dos diversos trabalhos com que sempre se ocupavam e então tornar a baixar os olhos, como se em repulsa. Não creio que nenhum dos nativos tenha alguma vez lhes dirigido a palavra, e, até onde sei, os ciganos também não iam até a aldeia vender suas mercadorias nas ruas ou dizer a sorte. De onde vinham, como tinham conseguido sobreviver à guerra, e por que haviam escolhido justamente aquele lugar soturno junto à ponte do Ach como acampamento de verão, essas são perguntas que só me ocorrem agora — por exemplo, quando folheio o álbum de fotos que meu pai deu de presente para minha mãe no primeiro Kriegsweihnacht, o chamado Natal de guerra. Ele contém fotos da assim dita campanha na Polônia, todas legendadas com capricho em tinta branca.

Algumas das fotos mostram ciganos detidos em grupo. Olham amistosamente por trás do arame farpado, em algum recanto perdido da Eslováquia, onde meu pai e seu veículo-oficina estavam estacionados havia semanas antes da eclosão da guerra.

Fazia uns bons trinta anos desde a última vez que eu estivera em W. No correr desse longo período — de longe o período mais longo da minha vida —, muitos dos locais associados a W., como o Altachmoos, a floresta paroquial, a alameda rumo a Haslach, a central hidráulica, o cemitério de Petersthal, onde estão enterradas as vítimas da peste, ou a casa em Schray onde morava o corcunda Dopfer, freqüentemente retornavam em meus sonhos e devaneios e me pareciam mais familiares do que haviam sido antes, mas o próprio vilarejo, pensei comigo ao chegar nessa hora avançada, continuava para mim mais alheio do que qualquer outro lugar que eu pudesse conceber. Em certo sentido foi um alívio, em minha primeira volta pelas ruas no brilho pálido das lâmpadas, encontrar tudo completamente mudado. A casa do guarda-florestal, uma pequena vila com telhado de ripas e um par de chifres com a inscrição 1913 sobre a porta de entrada, junto com seu pequeno pomar, dera lugar a uma casa de veraneio; o posto de bombeiros e sua bela torre de gelosia, onde as mangueiras de incêndio ficavam penduradas em silêncio, na expectativa da próxima conflagração, não se achava mais lá; as casas de fazenda tinham sido sem exceção restauradas, com andares a mais; a residência do vigário, a casa do capelão, a escola, o prédio da prefeitura onde o escrivão maneta Fürgut entrava e saía com uma regularidade pela qual meu avô podia acertar o relógio, a queijaria, o asilo de pobres, o armarinho e a mercearia de Michael Meyer, tudo isso havia sido reformado de alto a baixo, quando não desaparecido completamente. Nem mesmo quando entrei na pensão Engelwirt tive a sensação de estar habituado ao local, pois mesmo ali, onde durante muitos anos fomos inquilinos de uma acomodação no primeiro andar, a casa havia sido reformada e convertida, das fundações até o telhado, sem falar, é claro, da decoração interna. O que agora se apresentava, no estilo pseudo-alpino que se difundiu por toda a República Federal, como uma casa de requintada hospitalidade, fora em sua época uma taberna mal-afamada onde os agricultores se acocoravam até tarde da noite e, principalmente no inverno, bebiam muitas vezes até perder a consciência. A pensão Engelwirt devia sua reputação local, que permaneceu inabalável apesar de tudo, ao fato de que, além do bar enfumaçado sob cujo teto corria a chaminé de fogão mais retorcida que eu já vi, ela dispunha de um salão enorme, onde mesas compridas podiam ser dispostas para casamentos e funerais, com lugares suficientes para meia aldeia. A cada quinze dias também eram exibidos ali o cinejornal e filmes como *Piratenliebe*, *Niccolò Paganini*, *Tomahawk* ou *Mönche, Mädchen und Panduren*. Esses *Panduren*, ou pés-de-poeira, eram vistos atacando por um bosque ralo de bétulas, os índios correndo por uma planície sem fim, via-se o violinista aleijado arranhando uma cadência ao pé do muro de uma prisão, enquanto seu companheiro serrava as barras de ferro da janela de sua cela, via-se o general Eisenhower, de volta da Coréia, descendo de um avião cujas hélices ainda giravam lentamente, via-se o caçador ermitão, com o peito rasgado pelas garras de um urso, descendo cambaleante até o vale, viam-se políticos na frente do Parlamento apeando do banco de trás de um Volkswagen, e em quase todo cinejornal viam-se também os montes de escombros de cidades como Berlim ou Hamburgo, que durante muito tempo eu não associei à destruição ocorrida nos últimos anos de guerra, da qual eu nada sabia, mas os tomava por um dado natural de todas as cidades grandes. De todos os eventos da sala de cerimônias da Engelwirt, porém, aquele que deixou em mim a impressão mais profunda foi uma produção amadora de *Os bandoleiros* de Schiller, que deve ter sido encenada em 1948 ou 1949 e foi reapresentada diversas vezes durante todo o inverno. Devo ter me sentado uma meia dúzia de vezes, pelo menos, na sala escura da Engelwirt entre um público vindo em parte das aldeias vizinhas. Quase nada do que vi no teatro desde então me comoveu tanto quanto *Os bandoleiros* — a imagem do velho Moor

em seu retiro gelado, o horripilante Franz, que andava de lá para cá com o ombro deformado, o retorno do filho pródigo das florestas da Boêmia ou aquele estranho movimento de corpo, que toda vez me agitava intensamente, com que Amalia dizia, lívida: "Escuta! Não ouvi a porta ranger?". E eis que o bandoleiro Moor aparece à sua frente, e ela fala de como o amor dela tornava verde a areia em brasa do deserto e fazia florescer os arbustos selvagens, sem reconhecer, porém, aquele que já estava diante dela e de quem ela ainda supunha estar separada por montanhas, mares e horizontes. Eu sempre queria então intervir na peça e esclarecer a Amalia com uma única palavra que lhe bastaria estender a mão para transitar da prisão poeirenta para o paraíso do amor que ela tanto desejava. Mas, como não tive coragem de fazer tal intervenção, nunca me foi revelado o outro curso que os acontecimentos poderiam ter tomado no palco. Lá pelo final da temporada, no início de fevereiro, *Os bandoleiros* foi apresentada uma vez ao ar livre, no terreno ao lado da casa do agente do correio, principalmente, suponho, para que se pudessem tirar uma série de fotografias. O conto de inverno que daí resultou foi notável não só por causa da neve que cobria o chão nessa apresentação ao ar livre mesmo nas cenas de interior, mas principalmente porque Moor, o bandoleiro, agora entrava em cena a cavalo, o que não era possível, claro, no salão da Engelwirt. Acho que foi nessa ocasião que notei pela primeira vez que os cavalos têm com muita freqüência um olhar algo desvairado que é todo deles. De resto, a apresentação no terreno do agente do correio foi a última de *Os bandoleiros*, aliás a última apresentação teatral *tout court* em W. Somente no Carnaval, parece, os atores tornaram a vestir seus trajes, para se unir à procissão de Carnaval e posar em uma foto de grupo com a brigada de incêndio e os arlequins.

Atrás do balcão de recepção da Engelwirt, depois que toquei a campainha várias vezes em vão, uma senhora bastante lacônica emergiu. Eu não ouvira nenhuma porta se abrir, não a vira entrar, e no entanto lá estava ela subitamente. Ela me mediu com aberta reprovação, fosse por causa da minha aparência externa, piorada pela longa caminhada, fosse por causa da minha distração, que lhe era inexplicável. Pedi um quarto de frente para a rua no primeiro andar, a princípio por tempo indeterminado. Embora fosse com certeza possível cumprir meu desejo, porque novembro, também para o ramo dos hotéis, é um mês morto, no qual o reduzido pessoal de serviço lamenta os hóspedes que partiram como se tivessem embarcado para sempre — embora, portanto, um quarto de frente para a rua no primeiro andar estivesse sem dúvida à disposição —, a senhora da recepção folheou para a frente e para trás seu livro de registros antes de me entregar a chave. Ela mantinha seu cardigã fechado com a mão esquerda, como se estivesse com frio, e executava tudo de forma minuciosa e desajeitada apenas com a outra mão, com o que desejava, assim me pareceu, ganhar tempo para refletir sobre esse hóspede peculiar de novembro. Ela estudou com as sobrancelhas erguidas a ficha de registro preenchida, na qual eu dera como minha profissão "correspondente estrangeiro" e informara meu complicado endereço inglês, pois quando é que um correspondente estrangeiro inglês, e com qual propósito, viria alguma vez a W. em novembro, a pé (e com a barba por fazer!), e alugaria um quarto na Engelwirt por período indeterminado? A senhora, que de resto sem dúvida exercia suas funções com grande competência, pareceu totalmente incerta quando, em resposta à sua pergunta sobre minha bagagem, eu lhe disse que ela seria trazida naquela noite por um oficial do posto alfandegário de Oberjoch.

Até onde eu podia ter alguma certeza, diante das alterações estruturais feitas na Engelwirt, o quarto que me foi destinado se encontrava no mesmo lugar onde ficava nossa sala de estar com toda a mobília comprada pelos meus pais quando, após dois ou três anos de contínua ascensão, parecia garantido que meu pai, que ao final da República de Weimar se alistara no chamado

Exército dos Cem Mil e agora estava prestes a ser promovido a quartel-mestre, poderia não apenas esperar um futuro seguro no novo Reich, mas alcançara em certo sentido uma posição social. Para meus pais, ambos vindos de províncias interioranas, minha mãe de W., meu pai da Floresta Bávara, a aquisição de móveis para a sala de estar condizentes com sua posição, que, segundo uma regra consuetudinária, tinham de corresponder com exatidão ao gosto do casal mediano representativo da sociedade sem classes então emergente, marcou talvez o momento em que, após uma juventude em muitos aspectos nada fácil, lhes pareceu que havia, afinal de contas, uma justiça superior. Essa sala de estar, portanto, consistia em um volumoso armário no qual se guardavam as toalhas de mesa, os guardanapos, o faqueiro de prata, os enfeites de Natal e, atrás das portas de vidro da parte de cima, o serviço de chá chinês cuja porcelana, até onde me lembro, não foi usada uma única vez; em um aparador sobre o qual uma poncheira de cerâmica vidrada em matizes peculiares e dois pretensos vasos de cristal para flores estavam dispostos simetricamente sobre pequenos descansos de crochê; na mesa de jantar com tampo extensível e seis cadeiras; em um sofá com um conjunto de almofadas bordadas; em duas pequenas paisagens alpinas com molduras de verniz preto, penduradas em alturas diferentes na parede; em uma mesinha para fumantes com caixas de charuto e cigarro feitas de cerâmica colorida e um castiçal que lhes fazia par, um cinzeiro de chifre e latão e um fumívoro elétrico em formato de coruja. Além disso, afora cortinas e estores, lustres e luminárias de chão, havia uma *étagère* de flores feita de bambu, em cujos diversos níveis uma tília africana, um abeto nobre, uma schlumbérgera e uma coroa-de-cristo levavam uma vida de planta estritamente regulada. Deve-se mencionar ainda que, em cima do armário, o relógio da sala contava as horas a seu modo insensível e que na parte de cima do armário, ao lado do serviço de chá chinês, havia uma série encadernada de obras dramáticas de autores como Shakespeare, Schiller, Hebbel e Sudermann. Eram edições baratas publicadas pela Volksbühnenverband, que meu pai, a quem jamais teria passado pela cabeça ir ao teatro, e muito menos ler uma peça, comprara um dia, num impulso de consciência cultural, de um caixeiro-viajante. O quarto de hóspedes, pela janela do qual eu observava agora a rua lá embaixo, estava o mais afastado possível de tudo isso, mas eu próprio não estava mais distante do que um sopro, e, tivesse o relógio da sala dado as horas em meu sono, eu não me surpreenderia em absoluto.

Como a maioria da casas em W., a Engelwirt era dividida em duas partes por um corredor largo em sentido longitudinal no rés-do-chão e no primeiro andar. No rés-do-chão havia de um lado a sala, de outro o bar, a cozinha, o depósito de gelo e o mictório. No andar de cima, o senhorio perneta Sallaba, que surgira em W. depois da guerra, tinha um apartamento com sua bela mulher, que odiava abertamente o vilarejo. Sallaba possuía um grande número de ternos elegantes e gravatas com alfinete. Mas era menos seu guarda-roupa, de fato excepcional para W., e sim sua perna de pau e a espantosa velocidade com que se movia sobre as muletas que lhe davam, a meus olhos, o aspecto de um homem do mundo. Diziam que Sallaba era renano, um termo que durante muito tempo permaneceu um mistério para mim e que eu tomava como um traço de caráter. Além dos Sallaba e nós, morava ainda no primeiro andar a antiga senhoria da Engelwirt, Rosina Zobel, que muitos anos antes abrira mão de conduzir o negócio e passava desde então o dia inteiro em seu quarto semi-escuro. Ou ficava sentada em sua *bergère*, ou andava de lá para cá, ou deitava-se no canapé. Ninguém sabia se era o vinho tinto que a fizera melancólica ou se era por causa da melancolia que ela se entregara ao vinho tinto. Nunca era vista fazendo nenhum trabalho; não saía às compras, nem cozinhava, nem era vista lavando roupa ou arrumando o quarto. Eu a vi uma única vez no jardim com uma faca na mão e um maço de cebolinhas, erguendo a vista para a pereira recém-enfolhada. A porta do quarto da senhoria costumava ficar apenas encostada, e muitas vezes eu ia até lá e passava horas olhando a coleção de cartões-postais guardada em três grandes fólios. A senhoria, copo de vinho na mão, às vezes sentava comigo à mesa, mas dizia apenas o respectivo nome da cidade que eu apontasse. No correr do tempo, isso resultava em uma longa litania topográfica de nomes de lugares como Chur, Bregenz, Innsbruck, Altaussee, Hallstatt, Salzburgo, Viena, Pilsen, Marienbad, Bad Kissingen, Würzburg, Bad Homburg e Frankfurt am Main. Havia também numerosos cartões italianos de Merano, Bolzano, Riva, Verona, Milão, Ferrara, Roma e Nápoles. Um deles, que mostra o cone fumegante do Vesúvio,

foi parar não sei como em um álbum de fotos dos meus pais, e entrou assim na minha posse. O terceiro volume continha fotos de além-mar, sobretudo do Extremo Oriente, da Indochina holandesa, da China e do Japão. Essa coleção de cartões-postais, que montava a várias centenas, fora reunida pelo marido de Rosina Zobel, o velho Engelwirt, que antes de se casar com Rosina gastara parte considerável de uma herança viajando pelo mundo afora e que agora se achava entrevado na cama havia anos. Diziam que ele jazia no quarto vizinho ao de Rosina e tinha uma grande ferida no quadril que não queria cicatrizar. Quando jovem, diziam, tentara esconder um charuto que estava fumando escondido do pai, e o metera no bolso da calça. A queimadura que sofrera logo melhorara, porém mais tarde, quando Engelwirt estava perto dos cinqüenta, ela reabrira e agora não havia jeito de fechar, aliás só fazia crescer de ano a ano, e era bem possível, assim diziam, que ele morresse de gangrena. Eu tomava essa afirmação, que me era incompreensível, como uma espécie de veredicto, e pintava o martírio de Engelwirt em todas as cores do inferno. Mas nunca vi Engelwirt em pessoa, e, até onde lembro, a senhoria, que de resto mal falava, também nunca o mencionou. Umas duas ou três vezes, porém, imaginei ouvi-lo ofegar no outro quarto. Mais tarde, com a distância cada vez maior, parecia-me menos e menos provável que Engelwirt tivesse de fato existido e que não fosse apenas fruto da minha imaginação. Investigações mais precisas em W., contudo, não deixaram dúvidas. Delas resultou também que os filhos do casal Engelwirt, Johannes e Magdalena, que não eram muito mais velhos do que eu, foram criados fora, por uma tia, porque a senhoria começara a beber copiosamente depois do nascimento de Magdalena e não fora mais capaz de cuidar das crianças. Comigo, talvez porque eu não estivesse sob seus cuidados, a senhoria mostrava uma paciência infinda. Não era raro eu me sentar na sua cama, ela na cabeceira, eu no pé, e lhe recitar tudo o que eu sabia de cor, inclusive o pai-nosso, o ângelus e outras orações que havia muito tempo não passavam mais pelos seus lábios. Ainda posso vê-la me escutando, a cabeça inclinada contra a armação da cama, os olhos fechados, o copo e a garrafa de vinho Kalterer no tampo de mármore do criado-mudo ao seu lado, alternando expressões de dor e alívio em seu rosto. Aliás, foi com ela que aprendi também a dar laço em gravata-borboleta, e sempre que eu deixava o quarto ela punha a mão na minha cabeça. Ainda hoje sinto às vezes seu polegar na minha testa.

Defronte à pensão Engelwirt ficava a casa Seelos, onde moravam os Ambrose. Minha mãe estava sempre lá, porque os filhos dos Ambrose, uns dez anos mais novos que ela e de quem ela cuidara com freqüência quando pequenos, lhe eram muito próximos. Os Ambrose haviam chegado a W. no início do século XIX vindos de Imst, no Tirol, e sempre que se falava mal deles na aldeia eram chamados como antes de "os tiroleses". Mas de resto eram designados pela casa que haviam assumido, e em geral eram chamados não os Ambrose, mas Seelos Maria, Seelos Lena, Seelos Benedikt, Seelos Lukas e Seelos Regina. Seelos Maria era uma mulher pesada e vagarosa que usava preto desde a morte, ocorrida vários anos antes, do marido Baptist, e passava os dias fazendo café à moda turca, talvez em memória a Baptist, que fora mestre-de-obras e como tal trabalhara durante dezoito meses em Constantinopla antes da Primeira Guerra Mundial, de onde terá trazido a arte de fazer café. Quase todos os prédios de maior porte em W. e nas redondezas, a escola, a estação de trem em Haslach e a central hidráulica, que fornecia eletricidade a todo o distrito, foram esboçados na prancheta de desenho do mestre-de-obras Ambrose e construídos sob sua supervisão. Ele morrera de derrame cerebral, jovem demais, como sempre diziam, no 1º de maio de 1933. Foi encontrado em seu escritório, caído sobre o aparelho heliográfico, o lápis atrás da orelha e o compasso ainda na mão. Os Seelos viviam da herança de Baptist e da renda dos campos e das duas casas que ele adquirira em vida. O escritório de Baptist fora alugado, curiosamente para um turco de cerca de vinte e cinco anos de nome Ekrem, que, sabe Deus de onde, chegara a W. após a *Umsturz* ou revolução, como costumava ser chamado o final da guerra, e que fazia grandes quantidades de doces turcos na cozinha, que eram vendidos então nas feiras. Provavelmente foi Ekrem também que ensinou Seelos Maria a preparar um moca e que encontrava meios de arranjar café preto, do qual Maria sempre dispunha, mesmo nas épocas mais difíceis. Um dia, Seelos Lena deu à luz um filho de Ekrem, mas felizmente, como ouvi dizerem, ele não durou mais que uma semana. Lembro-me perfeitamente do minúsculo caixão branco no grande rabecão preto sendo puxado até o cemitério pelos murzelos do agricultor Erd e da água da chuva que escorria do monte de barro ao lado da pequena cova. Logo depois, se não antes, Ekrem desapareceu de W., rumo a Munique, disseram, onde segundo o boato abriu um negócio de frutas tropicais, e Lena emigrou para a Califórnia, onde se casou com um engenheiro telefônico, com quem morreu em um acidente de carro.

Dos Seelos faziam parte também as três irmãs solteiras de Baptist, as tias Babett, Bina e Mathild, que moravam na casa ao lado, e o igualmente solteiro tio Peter, que fora segeiro e tivera sua oficina nos fundos da casa Seelos. No pós-guerra, época em que estaria com uns sessenta anos, era seu costume andar pela aldeia e observar as pessoas trabalhando. Só raramente ele próprio pegava uma ferramenta e remexia a terra do pátio ou do jardim. Não conheci Peter de outra forma, pois já fazia muitos anos que, pouco a pouco, ele começara a perder a razão. De início, passou a negligenciar cada vez mais a oficina de seges, aceitando encomendas, mas cumprindo somente metade delas ou já nem isso, e então se dedicou a fazer complicados projetos pseudo-arquitetônicos, como o de uma casa d'água construída sobre o Ach ou de um púlpito florestal que, escorado numa espécie de escada em caracol, cingiria a copa de um dos pinheiros mais altos da floresta paroquial e do qual o pároco faria um sermão às árvores todos os anos em determinado dia. A maioria desses planos, infelizmente desaparecidos, dos quais Peter fazia o esboço página após página, nunca foram seriamente postos por ele em execução. O único que se tornou realidade foi o que chamou de Salettl, embutida no sótão da casa Seelos — uma plataforma de madeira erguida cerca de um metro abaixo da cumeeira, para que então sobre ela, após a remoção das telhas, pudesse ser assentada uma moldura de madeira para um observatório rodeado de vidro que incluía e excedia a cumeeira. Desse mirante era possível ver, para além dos telhados da aldeia, a turfa e os campos ao longe e, mais ao fundo, as sombras das montanhas cobertas de florestas que se erguiam do vale. A Salettl levou um bom tempo para ser concluída, e, após celebrar sozinho a inauguração, Peter não desceu mais do seu posto de observação durante semanas. Dizem que passou a maior parte dos primeiros anos de guerra lá em cima, dormindo de dia e observando as estrelas de noite, cujas constelações ele marcava em grandes folhas de cartolina azul-escura, ou então perfurava com sovelas de diversos tamanhos, de modo que, quando pregou as folhas azuis nas molduras de madeira da sua casa de vidro, pôde efetivamente ter a ilusão, como em um planetário, de que o firmamento estrelado arqueava-se sobre sua cabeça. Lá pelo final da guerra, quando Seelos Benedikt, que sempre fora uma criança tímida, foi enviado a uma escola para sar-

gentos em Rastatt, a condição de Peter piorou a olhos vistos. Às vezes ele perambulava pelo vilarejo com uma capa recortada dos seus mapas celestes e falava que era possível ver as estrelas de dia tanto do fundo de um poço quanto dos picos das montanhas mais altas, com o que ele provavelmente se consolava do fato de que agora, sempre que caía a escuridão pela qual antes ele tanto ansiava, lhe sobrevinha uma tal angústia que ele era obrigado a tampar os ouvidos com as mãos e debater-se como doido. Foi por isso que lhe construíram um compartimento engradado, iluminado por fora, no primeiro patamar da escada onde instalaram sua cama e no qual ele logo passou a entrar por vontade própria no final da tarde. Desde então, a Salettl não foi mais usada. Só quando a serraria pegou fogo é que se lembraram do observatório. Todos subimos então à Salettl, a família Seelos e os vizinhos, para observar o enorme fogo que chamejava no céu e iluminava de baixo o rolo de fumaça carregado longe pelo vento. Tio Peter, porém, não estava entre nós. No mesmo ano que a serraria foi consumida pelo fogo, ele deu entrada no hospital em Pfronten, porque de repente mais ninguém, nem sequer Regina, a mais bela das irmãs Seelos e aquela em quem ele depositava a maior confiança, conseguia fazê-lo comer alguma coisa. Peter, contudo, não permaneceu no hospital, mas se levantou e foi embora na primeira noite, deixando um bilhete, dizem, no qual se lia: "Prezado senhor doutor! Fui para o Tirol. Atenciosamente, Peter Ambroser". As buscas empreendidas em seguida não tiveram sucesso, e até hoje não há o menor traço do seu paradeiro.

Durante os primeiros dias de minha temporada em W., não pus os pés para fora da pensão Engelwirt. Atormentado por pesadelos a noite inteira e só me acalmando à luz da alvorada, eu dormia durante toda a manhã, o que de resto nunca me fora possível. À tarde eu me ocupava com minhas notas e as lembranças a elas vinculadas, sentado no bar deserto, e quando de noite chegavam os agricultores, cujos rostos eu reconhecia quase sem exceção da época de escola e por isso me pareciam ter envelhecido de um só golpe, eu não me cansava de escutar suas conversas enquanto fingia ler meu jornal, e pedia um copo de Lagreiner após o outro. Os agricultores se acocoravam, a maioria, como antes, de chapéu na cabeça, sob uma pintura enorme de lenhadores. A pintura, que já na velha pensão Engelwirt estivera pendurada no mesmo lugar, ficara nesse intervalo tão escura que mal se podia dizer à primeira vista o que de fato retratava. Só depois de observá-la por mais tempo é que os fantasmas dos lenhadores surgiam da superfície da tela. Eles tiravam a casca e prendiam com grampo os troncos derrubados, e estavam pintados em posturas enérgicas e poderosas, características das imagens que glorificam o trabalho e a guerra. O pintor Hengge, sem dúvida o autor do quadro, produzira várias dessas cenas de lenhadores. Sua fama atingira o auge nos anos 30, época em que era conhecido até em Munique. Seus murais, sempre em tons de marrom, eram vistos nas paredes de prédios por toda W. e arredores, e ele só se afastava de seus temas favoritos, que, lenhadores à parte, eram os caçadores clandestinos e os camponeses rebeldes com a bandeira Bundschuh, quando lhe era encomendado expressamente um tema específico. Na casa Seefelder, por exem-

plo, onde morava meu avô e onde nasci, uma corrida de carros era retratada, porque na opinião de Ure Seefelder, ferreiro de profissão, isso parecera condizer com a oficina mecânica que ele fundara alguns anos antes da guerra e com os novos tempos, que agora haviam começado também em W., e na casinha do transformador à beira do vilarejo havia até mesmo uma representação alegórica da força das águas. Todas essas pinturas de

Hengger tinham para mim algo de extremamente perturbador. Mas uma em especial, um afresco no banco Raiffeisen que mostra uma ceifeira aprumada, de pé diante de um campo na época da colheita, que sempre me pareceu um terrível campo de batalha, inspirava-me tanto medo que, toda vez que passava por ela, tinha de desviar os olhos. O pintor Hengge, portanto, era perfeitamente capaz de estender seu repertório. Mas, sempre que podia seguir sua própria inclinação artística, não pintava outra coisa a não ser lenhadores. Mesmo depois da guerra, quando por diver-

sas razões sua obra monumental não tinha mais muita demanda, ele não largou mão do seu estilo. No fim, dizem que sua casa ficou tão atulhada de quadros de lenhadores que ele próprio quase não tinha mais espaço, e a morte, como dizia seu obituário, surpreendeu-o enquanto ele trabalhava num quadro que mostrava um lenhador sobre um trenó arremessando-se vale abaixo. Pensando bem, ocorreu-me que essas pinturas de Hengge, à parte os afrescos da igreja paroquial, foram praticamente as únicas pinturas que vi até meus sete ou oito anos de idade, e agora tenho a sensação de que essas imagens de lenhadores e crucificações e o grande quadro da batalha de Lechfeld, onde o príncipe bispo Ulrich passa com seu cavalo branco sobre um huno deitado no chão e no qual também todos os cavalos têm aquele olhar desvairado, causaram em mim uma impressão devastadora. Por isso, tendo chegado a um determinado ponto das minhas notas, deixei meu posto no bar da Engelwirt para ver uma vez mais os murais de Hengge, ou pelo menos aqueles que ainda restavam. Não posso dizer que, ao reencontrá-los, foi menos devastador seu efeito sobre mim. Antes pelo contrário. Seja co-

mo for, ao andar de pintura a pintura, senti que eu era levado adiante, e caminhei pelos campos e rumo às aldeias vizinhas situadas nas montanhas ao redor, subi até Bichl e dali fui a Adelharz, a Enthalb der Ach, a Bärenwinkel e Jungholz, a Vordere e Hintere Reutte, a Haslach e Oy, a Schrey e de lá até Elleg, todos eles caminhos que, na minha infância, eu fizera ao lado do meu avô e que, na minha memória, significavam tanto para mim, mas na realidade, como pude agora constatar, já não significavam praticamente nada. De cada uma dessas excursões eu voltava abatido à Engelwirt e às minhas notas desconexas, nas quais encontrara certo apoio nos últimos tempos, mesmo se o exemplo do artista Hengge e da natureza questionável da pintura em geral permanecesse diante dos meus olhos como uma advertência.

Segundo as informações que eu obtivera, o único membro dos Seelos ainda vivo em W. era Lukas. A casa Seelos fora vendida, e Lukas vivia na casa vizinha, uma casa menor onde antes haviam habitado Babbet, Bina e Mathild. Fazia cerca de dez dias que eu já estava em W., quando finalmente decidi visitar Lukas. Ele me vira saindo várias vezes da pensão Engelwirt, logo me disse, mas não fora capaz de me reconhecer. Agora, pensando melhor, não era obviamente a criança que eu lhe lembrava, mas meu avô, que tinha o mesmo jeito de andar que eu e, toda vez que saía de uma casa, primeiro parava como eu para ver como estava o tempo. Senti que minha visita agradava a Lukas, pois após trabalhar em uma funilaria até os cinqüenta anos de idade, ele tivera de se aposentar por invalidez em razão de uma artrite que o incapacitava progressivamente, e agora passava os dias no sofá de casa, enquanto a mulher tocava a papelaria do velho Specht. Ele nunca teria acreditado, disse logo, como podem ser longos os dias, o tempo e a vida daquele que é posto de escanteio. Além disso, incomodava-o o fato de que, sem contar Regina, casada com um industrial do norte da Alemanha, ele era o último do clã dos Ambrose. Contou-me a história do desaparecimento do tio Peter no Tirol, da morte da mãe logo em seguida, que nas últimas semanas de vida perdera tanto do seu considerável peso que ninguém mais a reconhecia, e discorreu longamente sobre o fato curioso de que as tias Babett e Bina, que desde crianças faziam tudo juntas, tinham morrido no mesmo dia, uma de ataque cardíaco, a outra de pesar pela morte da irmã. Sobre o acidente de carro nos Estados Unidos que vitimou Lena e seu marido, disse, ninguém foi capaz de descobrir muita coisa. Pelo visto, os dois tinham simplesmente saído da estrada em seu novo Oldsmobile, que, como ele sabia por uma foto, tinha pneus de tarja branca, e mergulhado no abismo. Mathild durara muito tempo, até bem depois dos oitenta, talvez porque tivesse a cabeça mais alerta de todos eles. Tivera uma morte tranqüila em sua própria cama, no meio da noite. A mulher de Lukas a encontrara na manhã seguinte na exata posição em que sempre se deitava toda noite. Mas Benedikt, disse sem querer entrar em maiores detalhes, fora consumido pela má sorte, e agora era a vez dele. Tendo rematado sua crônica da família Ambrose com esse comentário, não sem satisfação, pareceu-me, Lukas quis saber o que me trazia de volta a W. após tantos anos, e justo em novembro. Para surpresa minha, ele compreendeu de cara as explicações circunstanciadas e em parte contraditórias que ouviu. Concordou sobretudo quando eu disse que, ao longo do tempo, eu dera muitos tratos à imaginação, mas que assim as coisas, em vez de ficarem mais claras, ficaram mais enigmáticas. Quanto mais imagens coleciono do passado, eu disse, mais improvável me parece que o passado tenha de fato ocorrido dessa maneira, pois nada nele podia ser chamado normal: a maior parte dele era ridícula e, quando não ridícula, aterradora. A ele, disse Lukas, que agora passava o dia inteiro naquele sofá ou no máximo se ocupava de pequenas tarefas domésticas inúteis, parecia quase inconcebível que um dia tivesse sido um bom goleiro e que, atormentado agora com freqüência cada vez maior por sérias depressões, tivesse na sua época bancado o palhaço da aldeia — pois ele, como eu talvez me lembrasse, tinha ocupado durante anos o cargo honorário de polichinelo durante o Carnaval, porque não se achava em parte alguma um sucessor que lhe chegasse aos pés. Olhando em retrospectiva aquela época gloriosa, as mãos cheias de gota de Lukas ganharam movimento ao demonstrar como ele desfilava com a grande tesoura de Carnaval, para o que, disse, eram necessários força e equilíbrio excepcionais, ou como ele erguia por trás, com seu bastão de palhaço, as saias das mulheres no momento em que elas menos esperavam. Bem quando se imaginavam seguras, a portas fechadas no andar de cima, e se debruçavam nas janelas para ver os foliões passar, ele subia pelo palheiro ou por uma espaldeira dos fundos e lhes pregava o susto que tanto aguardavam, embora jamais o admitissem. Muitas vezes ele apenas entrava na cozinha e surrupiava os sonhos recém-confeitados para distribuí-los na rua, coisa que as mulheres sempre acompanhavam com entusiasmo e aplauso até descobrirem, vendo os pratos vazios, que eram seus próprios sonhos que haviam sido distribuídos.

Do Carnaval, passamos então ao tipógrafo Specht, cuja papelaria a mulher de Lukas agora geria. É que Specht, disse Lukas, ainda tinha invariavelmente sua árvore de Natal na janela da loja quando o Carnaval chegava; aliás, aquela árvore, montada na última semana do Advento e já totalmente sem agulhas, permanecia na janela não só até o Carnaval, mas muitas vezes até a Páscoa, e em uma ocasião foi preciso instar com ele, Specht, para que retirasse a árvore da janela a tempo pelo menos para a procissão de Corpus Christi. Specht, que desde os anos 20 escrevera, editara, compusera e imprimira sem nenhuma colaboração o periódico quinzenal de quatro páginas *Der Landbote*,

era uma pessoa extremamente introvertida, como não é infreqüente entre os tipógrafos. Além disso, a lida constante com tipos de chumbo o fizera ainda menor e mais cinzento. Eu tinha uma lembrança clara de Specht, de quem comprara meus primeiros lápis de lousa e mais tarde as penas e os livros de exercício feitos de papel de celulose, nos quais as pontas grudavam constantemente ao escrever. Ano após ano, ele usava um casaco de chita cinza que chegava quase até o chão, óculos redondos de aço e, sempre que alguém entrava na loja sob o tilintar dos sininhos da porta, ele emergia da oficina tipográfica com um trapo cheio de óleo da mão. Mas à noite era visto sentado à luz da lâmpada na mesa da cozinha, escrevendo os artigos e as notícias que seriam incluídos no *Landbote*. Lukas disse saber que muito do que Specht escrevia semana após semana para o *Landbote* era por ele rejeitado na condição de editor como insuficiente para os padrões da folha. Mais tarde, quando o Kalterer já tinha acabado, Lukas me conduziu pela casa, mostrou-me onde tinha funcionado o café de Babett e Bina, o Café Alpenrose, onde o dr. Rambousek tivera seu consultório e onde tinham sido os quartos de dormir e a sala de estar das três irmãs. Quando me despedi, Lukas agarrou minha mão longamente no aperto de pássaro dos seus dedos de gota, e eu lhe disse que seria um prazer visitá-lo algumas outras vezes, se ele não se importasse, para falarmos mais sobre um passado agora tão longínquo. Claro, disse Lukas, havia realmente algo de estranho na recordação. Quando ele se deitava no sofá e lembrava do passado, tinha muitas vezes a sensação de que chegara finalmente a hora de tirar os véus da frente dos olhos.

Naquela mesma noite, ao lado de uma segunda garrafa de Kalterer na Engelwirt, consegui reunir algumas das minhas recordações do Café Alpenrose. Se fora Babett ou Bina que tivera a idéia de abrir o café, ou se Baptist achava que as duas irmãs solteiras seriam assim sustentadas, é parte da história que ninguém mais se recorda. Seja como for, o Café Alpenrose existiu e perdurou até a morte de Babett e Bina, embora ninguém jamais tenha posto os pés nele. No verão, uma mesinha verde de metal e três cadeiras verdes dobráveis ficavam no jardim da frente sob uma tília podada que fornecia um belo dossel de folhas espraiadas. A porta da casa estava sempre aberta, e a cada dois minutos Bina aparecia no vão, à espreita dos clientes que alguma hora certamente dariam as caras. Não há como dizer ao certo o que afugentava os clientes. Provavelmente não era apenas porque não havia na época gente de fora, que viria a W. passar uma temporada de verão, mas se tratava de um caso perdido sobretudo porque o café era administrado por Babett e Bina como uma espécie de clube das solteironas que não oferecia nenhum atrativo aos homens do vilarejo. Não sei, e Lukas também não sabia, que tipo de figura as duas irmãs faziam no início da sua carreira de negócios. A única coisa que se podia dizer com algum grau de certeza era que aquilo que Babett e Bina foram ou quiseram ser um dia fora completamente destruído pelos anos de contínuas decepções e esperança sempre renovada. O dano às suas vidas ligado a essa destruição e causado pela eterna dependência uma da outra fizera com que, no final das contas, ninguém enxergasse nelas outra coisa a não ser duas velhuscas amalucadas. Claro, não ajudava o fato de que Bina, alisando seu avental com as mãos, passasse horas fazendo a ronda da casa e do jardim da frente, enquanto Babett ficava sentada o dia inteiro na cozinha dobrando panos de prato, para em seguida desdobrá-los e dobrá-los novamente. Só a muito custo as duas conseguiam manter seu minúsculo negócio em ordem, e o que elas teriam feito se chegasse de fato um cliente é algo impossível de calcular. Mesmo ao cozinhar uma sopa elas eram mais obstáculo do que um auxílio uma à outra, e a preparação semanal do bolo de domingo, como me disse Lukas, era uma verdadeira operação de Estado, que sempre lhes tomava o sábado inteiro. Não obstante, sempre que o final da semana se aproximava, Babett convencia Bina e Bina convencia Babett de que um bolo deveria ser assado outra vez, alternadamente um bolo de maçã ou um *Guglhupf*. Uma vez pronto, o bolo era levado com certa cerimônia até o que as duas chamavam de sala do café e lá, recém-polvilhado e intacto como estava, era posto sob uma redoma de vidro sobre o aparador, ao lado do bolo de maçã ou do *Guglhupf* assado no sábado anterior, de modo que um cliente que chegasse no sábado à tarde teria podido optar entre dois bolos, entre um bolo de maçã velho e um *Guglhupf* fresco ou entre um *Guglhupf* velho e um bolo de maçã fresco. Na tarde do domingo, essa possibilidade deixava de existir, pois na tarde de domingo Babett e Bina consumiam quer o bolo de maçã velho, quer o *Guglhupf* velho com o café da tarde de domingo, sendo que Babett comia o bolo com um garfo de bolo, enquanto Bina molhava o seu, um hábito que, para desgosto de Babett, ela nunca conseguira corrigir na irmã. Depois de consumir o bolo velho, as duas continuavam sentadas por uma ou duas horas, saciadas e caladas, na sala do café. Na parede sobre o aparador pendia um quadro que retratava o suicídio de um casal de amantes. Era uma noite de inverno, e a lua surgira entre nuvens volumosas para testemunhar esse último momento. O casal, na ponta de uma pequena prancha de madeira, acabava de dar o passo decisivo. Juntos, o pé da moça e o pé do homem buscavam o abismo, e sentia-se com alívio que ambos já estavam sob o domínio da gravidade. Só me lembro ainda que a moça tinha um fino véu verde-claro envolto na cabeça, ao passo que o casaco escuro do homem estava tenso contra o vento. Embaixo desse quadro ficava o bolo concebido para a semana seguinte; o relógio de parede fazia tique-taque, e sempre que estava prestes a tocar emitia um longo chiado, como se não se resolvesse a anunciar a perda de mais um quarto de hora. No verão, a luz do final da tarde entrava pelas cortinas, no inverno o primeiro crepúsculo, e no centro da mesa, imóvel como sempre, ficava a enorme espada-de-são-jorge pela qual passavam os anos sem deixar traço e ao redor da qual, de forma misteriosa, tudo no Alpenrose parecia girar.

Em regra, meu avô ia ao Alpenrose uma vez por semana para fazer uma visita a Mathild. Nessas visitas semanais, ambos jogavam algumas partidas de cartas entre si e mantinham longas conversas, às quais obviamente nunca faltou assunto. Sentavam-se então no salão de café, porque Mathild não permitia que ninguém, nem mesmo meu avô, subisse ao seu quarto, e virou costume, por assim dizer, que Babett e Bina, por quem Mathild era respeitada como uma instância superior, permanecessem na cozinha durante essas visitas. Eu costumava acompanhar meu avô ao Alpenrose, como o acompanhava, aliás, a quase toda parte, e lá me sentava com um suco de framboesa enquanto as cartas eram embaralhadas, cortadas, dadas, jogadas, postas de lado, contadas e de novo embaralhadas. Segundo um velho hábito, meu avô sempre usava chapéu ao jogar cartas. Somente quando o jogo terminava e Mathild ia para a cozinha preparar o café, meu avô tirava o chapéu e enxugava a testa com o lenço. Sobre os assuntos de que falavam no café, poucos eram aqueles de que eu tinha alguma noção, e, por esse motivo, assim que eles começavam a conversa eu geralmente saía, sentava-me em uma das cadeiras do jardim junto à mesa de metal verde e olhava o velho atlas que Mathild sempre

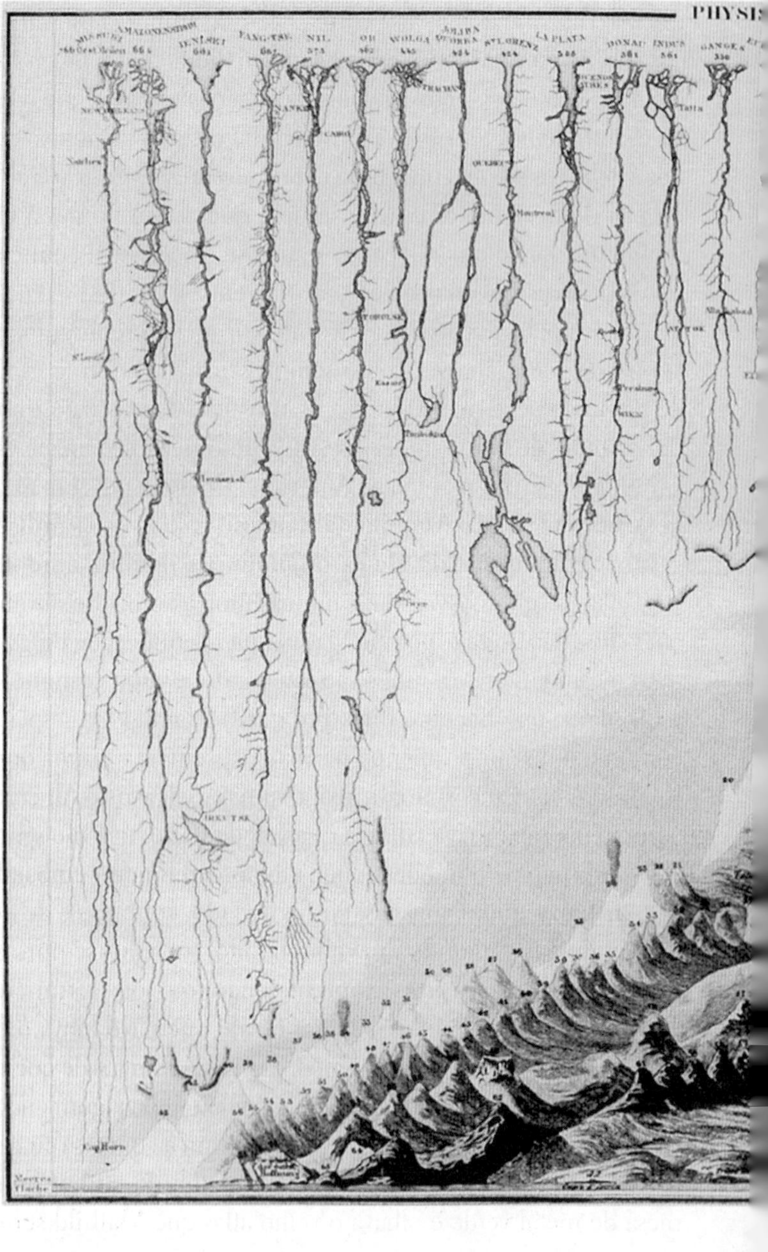
PHYSI
NIL
OB
WOLGA
LA PLATA
DONAU
INDUS
GANGES

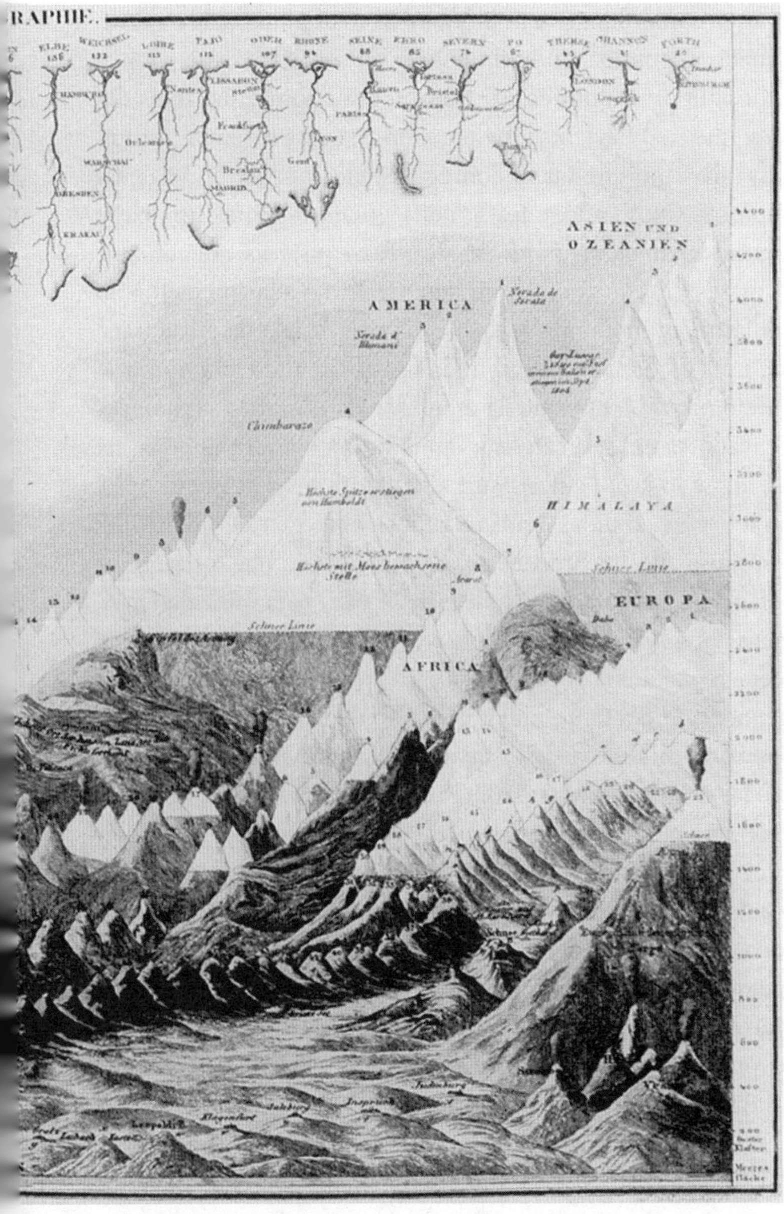
RAPHIE.
ELBE
WEICHSEL
LOIRE
TAJO
ODER
RHONE
SEINE
EBRO
SEVERN
PO
THEMSE
SHANNON
FORTH
LONDON
PARIS
LYON
MADRID
DRESDEN
KRAKAU
Breslau
ASIEN UND OZEANIEN
AMERICA
Chimborazo
HIMALAYA
Schnee Linie
EUROPA
AFRICA
Meeres Fläche

deixava à minha disposição. Nesse atlas, havia uma página na qual os rios mais longos e as montanhas mais altas da Terra eram ordenados segundo o comprimento e a altura, e havia mapas maravilhosamente coloridos, até mesmo dos continentes mais distantes, que mal haviam sido descobertos, cujas legendas minúsculas, talvez porque eu só conseguisse decifrar parte delas, tal como os antigos cartógrafos só conseguiam decifrar uma parte do mundo, pareciam conter em si todos os mistérios concebíveis. Nos meses frios do ano, eu me sentava com o atlas no joelho no patamar mais alto, onde a luz incidia pela janela da escadaria e onde uma oleogravura pendurada na parede mostrava um javali dando um salto enorme da escuridão da floresta para afugentar caçadores em seu café-da-manhã numa clareira. A cena, na qual, além do javali e dos assustados caçadores de casaco verde, os pratos e as comidas eram retratados com grande fidelidade, trazia por título *Im Ardennerwald*, "Na floresta das Ardenas", e essa legenda, inocente em si mesma, evocava para mim algo muito mais perigoso, desconhecido e profundo do que o próprio quadro era capaz de transmitir. O mistério que emanava da palavra *Ardennerwald* era tanto maior pelo fato de Mathild ter me proibido expressamente de abrir qualquer das portas no andar de cima. Mas ela me interditara sobretudo subir ao sótão, onde, como me dera a entender com sua peculiar força de persuasão, morava o caçador cinza, sobre o qual ela não fornecia mais detalhes. No patamar da escada do primeiro piso, portanto, eu me achava de certo modo no limite do permissível, no ponto em que o ímpeto da tentação era sentido com maior força. Por isso, toda vez eu era como que resgatado quando meu avô saía do salão de café, punha o chapéu na cabeça e estendia a mão a Mathild em sinal de despedida.

Numa das visitas seguintes que fiz a Lukas, nós subimos ao sótão. Talvez tenha sido eu que mencionei o sótão na conversa. Lukas era da opinião de que não podia ter mudado muita coisa lá em cima durante todo esse tempo. É que ele, assim me disse, não havia arrumado o sótão quando assumira a casa depois da morte das tias, porque isso, mesmo na época, estaria acima das suas forças, em vista dos petrechos de todo tipo que se amontoavam uns sobre os outros e das demais velharias. O sótão, de fato, oferecia uma visão assombrosa. Caixas e cestos estavam empilhados até o alto, sacos, correame, campainhas, cordas, ratoeiras, colméias e estojos para todo tipo de instrumento pendiam das vigas. Em um canto, uma tuba cintilava com brilho baço debaixo da camada de pó que a cobria, e ao lado, sobre um edredom que um dia fora vermelho, havia um enorme ninho de vespas fazia muito abandonado, ambos, a tuba de metal e a concha de papel cinza multifacetada, eram símbolo de uma lenta dissolução no perfeito silêncio que reinava no sótão. E, contudo, esse silêncio não era de se confiar. De baús, cômodas e armários, em parte com tampas, gavetas e portas entreabertas, brotava todo tipo concebível de utensílios e peças de roupa. Era fácil imaginar que toda essa coleção das coisas mais variadas estivesse em movimento, em uma espécie de evolução, até o momento em que entramos, e agora, apenas em razão da nossa presença, se pusera quieta como se nada tivesse acontecido. Numa estante que atraiu imediatamente minha atenção refestelava-se, assim me pareceu, a biblioteca de Mathild com seus quase cem volumes, que nesse meio-tempo passou à minha propriedade e se torna cada vez mais importante para mim. Além de obras literárias do século XIX, além de relatos de viagem à zona ártica, além de manuais de geometria e engenharia estrutural e um dicionário turco com um pequeno manual para escrever cartas, pertencentes provavelmente a Baptist, havia numerosas obras religiosas de caráter especulativo, livros de orações no século XVII e início do século XVIII com ilustrações — em parte contundentes — das penas que nos esperam a todos.

OFFICIUM
Für die abgestorbene Seelen in dem
Fegfeur.

Misturados aos escritos espirituais encontravam-se ainda, para surpresa minha, vários tratados de Bakunin, Fourier, Bebel, Eisner e Landauer, bem como o romance autobiográfico de Lily von Braun. Quando perguntei sobre a origem dessa biblioteca, Lukas só foi capaz de dizer que Mathild sempre estava lendo alguma coisa e por isso, como eu talvez me lembrasse, era tida no vilarejo como uma pessoa excêntrica. Pouco antes da Primeira Guerra Mundial ela ingressara no convento da Englische Fräulein em Regensburg, mas deixara a instituição ainda antes do final da guerra, em circunstâncias peculiares que a ele, Lukas, nunca ficaram claras, e durante alguns meses, na República Vermelha, se fixara em Munique, de onde regressara a W. em estado de sério transtorno mental e quase afásica. Ele próprio, disse Lukas, obviamente não era nascido na época, mas sua mãe, como ele bem se lembrava, deixara escapar um comentário sobre Mathild, dizendo que ela estava totalmente destrambelhada ao voltar do convento e da Munique comunista para a casa em W. Eventualmente, quando sua mãe estava de mau humor, ela chamava Mathild de beata vermelha. Mas Mathild, por sua vez, depois que recobrou um pouco do equilíbrio, não se deixava desconcertar de modo algum por tais comentários. Antes pelo contrário, disse Lukas, era evidente que ela se sentia cada vez melhor em seu isolamento, e, de fato, a maneira como, ano após ano, ela circulava pelos aldeões que desprezava, com seu indefectível vestido ou manto pretos e sempre sob o abrigo de um chapéu e nunca, nem com o tempo mais firme, sem guarda-chuva, tinha, como eu talvez me lembrasse da minha infância, algo de glorioso a seu respeito.

Enquanto eu seguia explorando o sótão, apanhando isso ou aquilo, uma boneca de porcelana sem cabelo, uma gaiola de pintassilgo, uma espingarda com mira ou uma velha mochila de couro de vitelo, e discutindo com Lukas a possível origem e história desses objetos, saltou-me aos olhos algo como uma aparição, uma figura uniformizada que ora podia ser vista mais claramente, ora mais debilmente atrás da luz que incidia de forma oblíqua pela janela do sótão. Era na verdade, como resultou de um exame mais detido, um velho manequim de alfaiate vestido com bombachas cinza-lúcio e um casaco também cinza-lúcio, cujos punhos, gola e debrum devem ter sido um dia verde-musgo, e os botões amarelo-ouro. Na cabeça de madeira, o manequim usava um chapéu igualmente cinza-lúcio com um feixe verde de penas de galo. Talvez porque estivesse escondido atrás do véu de luz que incidia pela fresta na escuridão do sótão e no qual rodopiavam sem parar as partículas brilhantes de uma matéria que se dissolvia na falta de gravidade, a figura cinza imediatamente causou em mim uma impressão de grande mistério, que só foi intensificada pelo cheiro de cânfora que dela exalava. Mas quando me aproximei, não confiando inteiramente nos meus olhos, e toquei uma das mangas do uniforme que pendia vazia, para meu extremo espanto ela se dissolveu em pó. Pelo que pude descobrir desde então, aquele uniforme guarnecido de cinza-lúcio e verde pertencera quase com toda certeza a um daqueles caçadores austríacos que lutaram contra os franceses como tropas irregulares por volta de 1800, uma hipótese que ganhou plausibilidade quando Lukas me contou uma história que, assim disse, remontava ainda a Mathild. Segundo essa história, um dos antepassados mais afastados dos Seelos conduzira uma tropa de mil homens recrutada no Tirol pelo desfiladeiro Brenner, pelo Adige abaixo, ao longo do lago de Garda até as planícies da Itália setentrional, e ali, com todas as suas tropas, fora morto na terrível batalha de Marengo. A importância da história do caçador tirolês caído em Marengo residia para mim, em boa parte, no fato de que, portanto, no sótão do Café Alpenrose, aonde me fora vedado subir e entrar em minhas visitas de infância com o pretexto do caçador ali alojado, existia efetivamente um tal caçador, embora ele não correspondesse em todos os aspectos à imagem que eu, sentado no patamar da escada, fizera dele. O que eu imaginava então, e o que mais tarde me apareceu muitas vezes em sonho, era um estranho de estatura alta, que tinha um barrete redondo e comprido de astracã afundado na testa e vestia um sobretudo marrom amarrado por tiras largas que lembravam os arreios de um cavalo. Em seu colo havia um pequeno sabre curvo com uma bainha de brilho fosco. Os pés estavam metidos em botas de cano alto com esporas. Um pé pousava sobre uma garrafa de vinho derrubada, o outro descansava ligeiramente erguido no chão, o calcanhar e a espora cravados na madeira. Repetidamente eu sonhava, e à vezes sonho ainda hoje, que esse estranho estende a mão para mim e eu, apesar de todo o meu medo, me aventuro mais e mais perto, até que posso tocá-lo. E toda vez tenho então diante dos olhos os dedos da minha mão direita, empoeirados e mesmo enegrecidos por aquele único toque, como sinal de uma desgraça que nada neste mundo jamais remediaria.

Até o final dos anos 40, o dr. Rudolf Rambousek tinha sua clínica no Alpenrose, no piso térreo, defronte ao salão de café. O dr. Rambousek chegara a W. não muito depois do final da guerra, vindo de uma cidade morávia, creio que de Nikolsburg, com sua mulher pálida e as duas filhas adolescentes Felicia e Amalia, o que para ele, e não menos para a mulher, foi provavelmente um banimento para os confins do mundo. Não admirava que esse homem baixo e corpulento, sempre vestido como se estivesse na cidade grande, tivesse sido incapaz de se firmar em W. Suas feições melancólicas e estrangeiradas, talvez mais bem descritas como levantinas, as pálpebras sempre baixadas pela metade sobre seus grandes olhos escuros, seus modos algo distantes não deixavam dúvida de que ele era um daqueles que nasceram para levar vidas inconsoláveis. Até onde sei, o dr. Rambousek não travou amizade com nenhuma pessoa durante os anos que passou em W. Diziam que era retraído, e de fato não me lembro de tê-lo visto alguma vez na rua, embora ele não morasse no Alpenrose, mas na casa do professor, e portanto devia pelo menos às vezes se achar a caminho entre a casa do professor e o Alpenrose ou entre o Alpenrose e a casa do professor. Essa sua ausência francamente conspícua não era a última das características que o diferenciava do dr. Piazolo, que já devia estar perto dos setenta e podia ser visto a toda hora do dia e da noite guiando sua Zündapp 750 pelo vilarejo ou descendo e subindo as montanhas das aldeias vizinhas. Tanto no inverno como no verão, o dr. Piazolo, que em casos de emergência também se dispunha a atender sem titubear ocorrências veterinárias e que tinha obviamente o firme propósito de morrer ao guidão, usava um velho gorro de aviador com orelheiras, enormes óculos de motociclista, uma farda de couro e polainas de couro. Aliás, o dr. Piazolo tinha ainda um duplo ou piloto-sombra no padre Wurmser, que também não era dos mais jovens e que havia um bom tempo se deslocava de motocicleta para ministrar a extrema-unção, carregando consigo todos os petrechos necessários, o óleo dos enfermos, a água benta, o sal, um pequeno crucifixo de prata bem como o santo sacramento, numa velha mochila que era sem tirar nem pôr, se assim se pode dizer, aquela do dr. Piazolo, razão pela qual ambos, o padre Wurmser e o dr. Piazolo, confundiram certa vez suas mochilas quando sentados lado a lado no Adlerwirt, de modo que o dr. Piazolo seguiu para seu próximo paciente equipado com os petrechos da extrema-unção e o padre Wurmser seguiu com os instrumentos médicos para o próximo membro da sua congregação que estava para expirar. A semelhança não só das mochilas do padre Wurmser e do dr. Piazolo, mas também da aparência geral dos dois era tão grande que, se alguém visse um motociclista escuro em algum lugar da aldeia ou nas estradas fora do vilarejo, seria incapaz de dizer se se tratava do doutor ou do padre, não fosse pelo hábito de o doutor, quando pilotava sua moto, deixar sempre que seus pés, calçados com botas ferradas, se arrastassem pelo cascalho ou pela neve como medida de segurança, em vez de assentá-los nos estribos da máquina, de maneira que, pelo menos quando vista de frente ou de trás, sua figura se comportava de forma diversa daquela do padre. É fácil imaginar como deve ter sido difícil para o dr. Rambousek enfrentar esses concorrentes bem estabelecidos, e por que ele preferia, ao contrário desses dois emissários de certo modo onipresentes, o cura das almas e o clínico, não sair de casa na medida do possível. Mas não seria lícito afirmar que o dr. Rambousek não gozava da estima daqueles que o procuravam. Afinal, mais de uma vez fui testemunha de como minha mãe elogiava a arte médica do dr. Rambousek nos termos mais transcendentes, sobretudo em suas conversas com Valerie Schwarz, a chapeleira residente na casa da posta, que não era da Morávia, como o dr. Rambousek, mas da Boêmia, e que, a despeito do seu tamanho diminuto, possuía um par de seios de proporções tais que só vi uma vez desde então, na dona da tabacaria no *Amarcord* de Fellini. Mas, enquanto minha mãe e Valerie não se cansavam de elogiar o dr. Rambousek, nunca teria passado pela cabeça dos demais aldeões marcar uma consulta com ele. Se havia algum problema, logo mandavam chamar o dr. Piazolo, e é por isso que o dr. Rambousek passava a maior parte do tempo, dia após dia, mês após mês, ano após ano, sentado sozinho em seu consultório no Alpenrose. Seja como for, eu sempre o via, quando acompanhava meu avô em sua visita a Mathild, pela porta entreaberta no recinto esparsamente mobiliado, sentado em sua cadeira giratória e escrevendo ou lendo ou ainda apenas olhando pela janela. Umas duas ou três vezes fui até debaixo do vão da porta e aguardei que ele olhasse para mim ou me convidasse a chegar mais perto, mas ou ele nunca notou minha presença ou lhe era impossível dirigir a palavra a uma criança estranha. Num dia de alto verão extraordinariamente quente de 1949, quando meu avô e Mathild discutiam no salão de café, fiquei sentado por um bom tempo no degrau mais alto da escada que conduzia ao sótão, escutando os estalos da madeira do vigamento e outros poucos ruídos, como o chiado que inchava e desinchava de uma serra circular ou o canto solitário de um galo, que penetravam na casa. Antes de terminado o horário de visita do meu avô, desci até o corredor com a firme decisão de perguntar ao dr. Rambousek se ele não seria capaz de curar a ferida aberta do velho Engelwirt, que ficava cada dia maior. Para meu espanto, a porta do consultório estava fechada. Mesmo assim me atrevi a entrar. Lá dentro, tudo estava banhado no verde carregado da luz de verão filtrada pelas folhas da tília diante da janela. Reinava, pareceu-me, um silêncio infinito. Como de costume, o dr. Rambousek estava sentado em sua cadeira giratória, só que seu tronco estava inclinado para a frente sobre o tampo da escrivaninha. A manga esquerda da camisa fora arregaçada até a metade, e na dobra do cotovelo, em ângulo torto, repousava a cabeça do doutor, que me pareceu espantosamente grande, com seus olhos escuros meio saltados, mas ainda assim muito bonitos, que fitavam imóveis o vazio. Deixei o consultório na ponta dos pés e tornei a subir ao meu posto no alto da escada do sótão, onde aguardei até escutar meu avô sair do salão de café com Mathild. Não disse um pio ao meu avô daquilo que vira no consultório, e isso tanto por medo quanto porque eu mesmo mal podia acreditar no que vira. No caminho de casa, tínhamos de pegar ainda o relógio de bolso que meu avô deixara para consertar com o relojoeiro Ebentheuer. A campainha da porta soou, e lá estávamos na pequena relojoaria, na qual um sem-número de relógios de pêndulo, carrilhões, relógios de cozinha, despertadores, relógios de bolso e relógios de pulso tiquetaqueavam um em cima do outro, como se um único relógio não bastasse para destruir tempo suficiente. Enquanto meu avô conversava com Ebentheuer, que, como sempre, estava com a lupa engastada no olho esquerdo, sobre o que havia de errado com seu relógio de bolso, eu olhava sobre o balcão para a pequena sala de estar à meia-luz, na qual o caçula dos Ebentheuer, que chamava Eustach e tinha hidrocefalia, estava sentado em um cadeirão, balançando-se de lá para cá. Quanto ao dr. Rambousek, na mesma tarde ele foi de fato encontrado frio e sem vida no consultório do Alpenrose pela mulher, que logo em seguida mudou-se de W. com as duas filhas. Mais tarde, escutei uma vez Valerie Schwarz sussurrar à minha mãe que o dr. Rambousek havia sido morfinômano e que por causa disso costumava ter a pele amarela. Acreditei, assim, durante muito tempo que os naturais da Morávia eram chamados morfinômanos e vinham de um país tão longínquo quanto a Mongólia ou a China.

Nos anos em que moramos no andar de cima da Engelwirt, eu era infalivelmente assaltado, durante o crepúsculo da noite, pelo desejo de descer ao bar e ajudar Romana a passar pano em mesas e cadeiras, varrer o chão ou enxugar os copos. Claro que não eram essas tarefas, mas a própria Romana que me atraía e em cuja companhia eu queria passar o maior tempo possível. Romana era a mais velha de duas irmãs de uma família de pequenos proprietários cuja fazenda, no topo de uma colina em Bärenwinkel, era do tamanho de um brinquedo quando comparada às outras e sempre me lembrava da Arca de Noé, porque nela parecia haver dois de cada tipo — afora os pais e as duas irmãs, Romana e Lisabeth, havia uma vaca e um boi, dois gansos e assim por diante. Apenas gatos e galinhas havia aos montes, e esses ficavam sentados pelos cantos ou vagavam longe pelos campos vizinhos. Havia ainda um número considerável de pombas brancas que, quando não subiam de lá para cá na cumeeira, voavam ao redor da casinha, que, com seu telhado de ripas todo remendado, com chanfraduras incomuns para a região, parecia um barquinho à deriva na crista da colina. E toda vez que eu passava por ali o pai de Romana, que era um sujeito velhaco, estava olhando por uma das minúsculas janelas como o Noé da arca, fumando seu charuto sem pontas. Romana chegava de Bärenwinkel toda tarde por volta das cinco, e muitas vezes eu ia encontrá-la na ponte. Ela devia ter então no máximo vinte e cinco anos, e tudo nela me parecia de excepcional beleza. Era alta, tinha um rosto largo e aberto com olhos cinza-água e tanto cabelo cor de linho quanto um potro Haflinger. Diferia em todos os aspectos das mulheres de W., quase exclusivamente camponesas e agricultoras pequenas, escuras, de cabelos finos e malvadas. Parecia tão fora do comum que ninguém, a despeito da sua notável beleza, jamais lhe tivesse pedido a mão em casamento. Se, mais tarde durante a noite, eu recebia permissão de descer outra vez para apanhar um maço de cigarros Zuban para meu pai, Romana flutuava entre a multidão de camponeses e lenhadores — geralmente já bêbada por volta das nove — com tal leveza que parecia vir de outro mundo. À noite, o bar dava uma impressão amedrontadora, e, não fosse por Romana, eu provavelmente não teria me atrevido nesse ambiente pavoroso, no qual os homens se sentavam nos bancos de olhar vidrado. Vez por outra, uma dessas figuras imóveis se levantava e cambaleava, como se estivesse em uma jangada, na direção da porta que dava para o corredor. Sobre o piso de tábuas oleadas havia poças de cerveja e neve, e a fumaça, que cruzava o bar em rolos densos e era finalmente sugada pelo ventilador que retinia, mesclava-se com o cheiro azedo de couro e casaco molhado e aguardente de genciana derramada. Sobre os lambris pintados de marrom, bichos empalhados — martas, linces, tetrazes, abutres e demais criaturas exterminadas — aguardavam o momento propício para poder finalmente se vingar. Os camponeses e lenhadores se sentavam quase sempre em grupos nas pontas do bar, na frente ou nos fundos. No meio ficava a grande estufa de ferro, que no inverno costumava ser tão atiçada que começava a luzir. O único que sentava sozinho, ignorado pelos demais, era o caçador Hans Schlag, de quem se dizia ter vindo de outras partes, de

Kossgarten junto ao Neckar, para ser mais preciso, e que controlara extensas zonas de caça na Floresta Negra durante vários anos antes de se mudar, não se sabia ao certo por qual motivo, para a região de W. e ter passado um bom ano ocioso até ser empregado pela comissão florestal bávara. O caçador Schlag era um homem imponente, com cabelo e barba escuros e encaracolados, e olhos excepcionalmente fundos e sombreados. Durante horas a fio, muitas vezes até tarde da noite, ele ficava sentado com seu copo, sem trocar palavra com ninguém. A seus pés dormia seu cão Waldmann, amarrado à mochila que pendia do espaldar da cadeira. Sempre que eu descia ao bar para apanhar um maço de Zurban para meu pai, o caçador Schlag estava sentado assim à sua mesa. O mais das vezes seu olhar permanecia baixado sobre o relógio de bolso dourado, uma peça excepcionalmente preciosa que ele depositava à sua frente, como se não quisesse perder algum encontro importante, mas de vez em quando ele olhava pelos seus olhos semicerrados para Romana, que enchia sem parar os copos de aguardente e cerveja atrás do balcão alto. Numa noite que me ficou perfeitamente clara na memória, era início de dezembro e acabara de nevar pela primeira vez até no vale lá embaixo, o caçador não estava sentado no seu lugar quando cheguei ao bar depois do jantar, e também Romana, inexplicavelmente, não era vista em nenhuma parte. No propósito de apanhar o pacote de cinco Zurban no Adlerwirt, contornei os fundos da casa e saí para o pátio. Lá cintilavam à minha volta os cristais da neve, e sobre mim cintilavam em sua profusão as estrelas do céu. O gigante acéfalo Órion com sua curta espada faiscante na cintura acabara de subir atrás das sombras negro-azuladas das montanhas. Fiquei parado durante um bom tempo em meio a esse esplendor de inverno, escutando o tilintar do frio e o ruído das luzes celestes em suas vagarosas órbitas. Subitamente tive a impressão de que uma sombra se mexera na porta aberta do telheiro para lenha. Era o caçador Schlag, que, segurando-se com uma mão na moldura de ripas do telheiro, lá estava de pé no escuro, na posição de alguém que caminha contra o vento, o corpo inteiro sendo percorrido por um estranho movimento ondulante, que se repetia de forma contínua. Entre ele e a moldura que sua mão esquerda mantinha agarrada, Romana estava estendida sobre um monte de relva cortada, e seus olhos, tal como pude reconhecer na luz refletida pela neve, estavam revirados como os do dr. Rambousek quando havia repousado a cabeça no tampo da escrivaninha. Do peito do caçador brotavam um gemido e um resfôlego pesados, seu hálito gelado subia da barba, e uma vez depois da outra, quando a onda lhe irrompia pela espinha, ele investia contra Romana, que de sua parte se colava mais e mais a ele, até que o caçador e Romana formaram uma única forma indistinta. Não creio que Romana ou Schlag tenham sequer notado minha presença; só quem me viu foi Waldmann, que, amarrado como sempre à mochila do dono, estava quieto atrás dele no chão e olhava para mim. Na mesma noite, por volta de uma ou duas da manhã, Sallaba, o senhorio perneta da Engelwirt, destruiu toda a mobília do bar. Quando fui à escola de manhã, o chão estava coberto de vidro quebrado até o calcanhar. Era um cenário de destruição. Até mesmo a nova vitrine giratória para os chocolates Waldbaur, que me lembrava o tabernáculo na igreja porque podia ser rodada, fora arrancada do balcão e arremessada do outro lado do recinto. Lá fora, no corredor, as coisas não pareciam muito melhores. A sra. Sallaba, sentada nos degraus do porão, debulhava-se em lágrimas. Por toda parte as portas estavam abertas, inclusive a porta enorme, adequada a um cofre de banco, do depósito de gelo, do qual as barras de gelo empilhadas umas sobre as outras para o verão tremeluziam azuis. Ao ver o depósito de gelo aberto, ou antes ao lembrar dessa visão, ocorreu-me que, sempre que eu entrava com Romana no depósito de gelo, imaginava nós dois trancados ali por acidente, e que, bem abraçados, congelaríamos até a morte, nossas vidas se derretendo tão lenta e silenciosamente quanto o gelo ao sol.

Na escola, a srta. Rauch, que não significava menos para mim do que Romana, escreveu na lousa com sua letra uniforme a crônica das calamidades de W. e desenhou embaixo uma casa em chamas com giz colorido. As crianças na classe debruçavam-se sobre seus cadernos de geografia, erguendo diversas vezes a vista e espremendo os olhos para decifrar as letras apagadas e distantes à medida que copiavam, linha por linha, a longa lista de acontecimentos terríveis, que, no entanto, registrados dessa forma, tinham um efeito tranqüilizador. Em 1511, a peste causou cento e cinco mortes; em 1530, uma conflagração consumiu cem casas; 1569: um incêndio destruiu o mercado; 1605: uma conflagração reduziu cento e quarenta casas a cinzas; 1633: os suecos queimam o vilarejo; 1635: setecentos habitantes morreram de peste; 1806-14: dezenove voluntários de W. caíram nas guerras de libertação; 1816-17: anos de fome em conseqüência de chuvas torrenciais; 1870-71: cinco filhos de W. perdem a vida em batalhas; 1893: em 16 de abril, um grande incêndio destruiu todo o mercado; 1914-18: sessenta e oito filhos do vilarejo morreram pela pátria; 1939-45: cento e vinte e cinco dos nossos não voltaram para casa na Segunda Guerra Mundial. As penas arranhavam o papel em surdina. A srta. Rauch caminhava pelas fileiras com sua saia verde justa. Sempre que chegava perto de mim, eu sentia meu coração pulando na garganta. Era um dia que teimava em não clarear. A alvorada durara até cerca do meio-dia e foi imediatamente seguida por um lento anoitecer. Mesmo agora, meia hora antes de terminarem as aulas, as luzes da sala tiveram de ser acesas. As lâmpadas brancas e redondas se refletiam nas vidraças escuras, que refletiam também a fileira de alunos debruçados em suas tarefas. Quase invisíveis atrás do espelho, as copas das macieiras pareciam coral negro no fundo do mar. Durante todo o dia, um silêncio incomum se alastrara e tomara posse de nós. Nem mesmo quando o bedel soou a campainha do pátio, ao final das aulas, irrompemos em nossa gritaria infalível, mas nos levantamos em silêncio e arrumamos nossas coisas ordenadamente, sem dizer uma palavra. A srta. Rauch ajudava essa ou aquela criança, às voltas com as roupas grossas de inverno, a endireitar a mochila nas costas.

A escola ficava em uma elevação na orla do vilarejo, e, como eu sempre fazia ao ir embora, também naquele dia, para mim memorável, corri a vista pelo vale aberto à minha esquerda passando pelos telhados da aldeia até os contrafortes cobertos de florestas, atrás dos quais se erguia o espinhaço denteado do Sorgschrofen. Tudo estava quieto e imóvel sob um baço polvilho branco, as casas e os pátios, os campos e as ruas e trilhas desertas. Acima de nós o céu cinzento, tão baixo e pesado como só mesmo antes de uma grande nevasca. Se a pessoa pusesse a cabeça para trás e mirasse o suficiente aquele vazio impenetrável, tão impenetrável que deixaria qualquer um louco, imaginaria já ser capaz de ver os primeiros flocos de neve. Meu caminho passava pela casa do professor e pela casa do capelão, margeando o muro alto do cemitério, no final do qual são Jorge estava eternamente transpassando com uma lança as fauces da criatura alada, parecida com um grifo, que jazia a seus pés. Então eu

tinha de descer a colina da igreja e seguir pela rua alta. Da ferraria vinha um cheiro de chifre queimado. A forja estava apagada, e as ferramentas, os pesados martelos, tenazes e limas, espalhavam-se pelo chão, sem dono. Nada se mexia. Meio-dia em W. era a hora das coisas abandonadas. A água na cuba em que o ferreiro, trabalhando na bigorna, mergulhava a todo instante o ferro em brasa, fazendo-o sibilar, estava tão calma e brilhava tão escura no reflexo pálido que incidia em sua superfície pelo portão aberto como se ninguém jamais a tivesse tocado, como se estivesse destinada a permanecer nesse estado incólume para sempre. Também a cadeira de barbear do barbeiro Köpf, que tinha sua loja na casa vizinha, estava vazia. A navalha estava aberta sobre o tampo de mármore do lavatório. Desde que meu pai voltara da guerra, uma vez por mês eu era obrigado a cortar o cabelo, e nada me deixava com mais medo do que quando Köpf me raspava a nuca com essa navalha recém-afiada. Esse medo gravou-se tão profundamente em mim que, vários anos mais tarde, quando vi pela primeira vez a representação da cena em que Salomé traz a cabeça decepada de João Batista em uma travessa de prata, logo me veio à memória Köpf. Aliás, até hoje só consigo entrar em um barbeiro depois de reunir muita coragem. E que alguns anos atrás, na estação Santa Lucia em Veneza, eu tenha deixado por vontade própria que me fizessem a barba ainda me parece uma monstruosidade inconcebível. O medo que me assaltava ao ver a barbearia correspondia à esperança diante da pequena vitrine da mercearia, na qual a sra. Unsinn acabara de construir uma pirâmide de cubos dourados de margarina Sanella, uma espécie de milagre pré-natalino que, quase todo dia a caminho de casa, eu admirava como um sinal da nova era que agora teria início em W. Em contraste com o brilho dourado dos cubos de Sanella, todo o resto que se podia comprar na loja da sra. Unsinn — a farinha no barril, a salmoura de arenque em lata grande, os pepinos em conserva, o enorme bloco de mel artificial que parecia um iceberg, os pacotes de desenho azul do café de chicória e o queijo emmental embrulhado em um pano úmido — parecia-me caído em um triste estado de esquecimento. A pirâmide de Sanella, eu sabia, erguia-se futuro adentro, e enquanto eu a alçava cada vez mais alto na imaginação, tão alta que ela já tocava os céus, um veículo como eu nunca vira antes surgiu na outra ponta da deserta rua Longa à qual eu chegara nesse meio-tempo. Era uma limusine lilás cheia de arestas pontudas com uma capota verde-clara. Infinitamente lenta e totalmente silenciosa, ela deslizou na minha direção, e, dentro dela, sentado ao volante cor de marfim, havia um negro que me mostrou os dentes, também eles cor de marfim, ao passar sorrindo, talvez porque eu fosse o único ser vivo que ele vira em seu trajeto por esse vilarejo distante de todas as estradas de maior porte. Como um dos três magos do nosso presépio, aquele que tinha rosto negro e usava um manto lilás com debrum verde-claro, na minha cabeça não havia dúvida de que o motorista do carro que passara flutuando ao meu lado naquele meio-dia sombrio era na verdade o rei Melquior e que ele trazia no enorme porta-malas da sua limusine aerodinâmica lilás uma oferenda preciosa, como por exemplo algumas onças de ouro, um vaso de incenso ou uma caixa de ébano cheia de mirra. A certeza que eu tinha disso, aliás, só aumentou ao relembrar a cena em seus mínimos detalhes naquela tarde, enquanto começava a nevar mais e mais forte e eu observava, sentado diante da janela, como a neve descia sem parar do alto e até o anoitecer já cobria tudo, as pilhas de lenha, o cepo, o telhado do telheiro, os arbustos de groselha, a tina de água e a horta das freiras vizinhas.

Na manhã seguinte, a luz ainda acesa na cozinha, meu avô, que acabara de limpar os caminhos, contou que de Jungholz chegara a notícia de que o caçador Schlag fora encontrado morto a uma boa hora de caminhada da sua reserva de caça, no lado tirolês da fronteira, no fundo de uma ravina. Evidentemente, disse meu avô, despejando aos poucos na pia, no momento em que minha mãe não estava olhando, como era seu costume, o café com leite que lhe era mantido aquecido no fogãozinho portátil, mas que ele abominava, evidentemente ele caíra ao atravessar a pinguela que era perigosa até no verão, e no inverno praticamente intransitável. Na opinião do meu avô, estava fora de questão que Schlag, que afinal devia conhecer os limites do seu território como a palma da mão, tivesse acabado do outro lado por descuido. Em contrapartida, ninguém sabia explicar o que o caçador, se ele tinha por assim dizer deliberadamente errado o caminho, estava fazendo ali, do outro lado da fronteira austríaca, sobretudo nessa época do ano e com esse tempo. Fosse como fosse, concluiu meu avô, era uma história obscura e um tanto suspeita. Eu, de minha parte, não consegui tirar o assunto da cabeça o dia inteiro. Durante as lições da escola, bastava que eu baixasse um pouco as pálpebras e logo via o caçador de olhos espatifados no fundo do abismo. Por isso não foi surpresa para mim encontrá-lo ao meio-dia no meu caminho de casa. Eu escutava já havia algum tempo o leve tinido dos arreios de um cavalo, quando então, do ar cinzento e da neve que caía lentamente em espiral, um trenó de lenhador puxado pelo cavalo baio do proprietário da serraria emergiu, e sobre ele jazia, sob um xairel vinho, o que era obviamente um corpo humano. O trenó parou no cruzamento com a rua Longa, porque nesse exato momento, como se tivessem combinado, o dr. Piazolo, sulcando a neve que batia nos joelhos com sua Zündapp, veio no sentido contrário ao do trenó conduzido pelo proprietário da serraria e escoltado pelo gendarme de Jungholz. O dr. Piazolo, que pelo visto já estava a par da tragédia que acontecera, desligou a moto e dirigiu-se até o trenó. Puxou o cobertor até a metade, e sob ele, numa pose que se poderia dizer peculiarmente relaxada, encontrava-se de fato o corpo do caçador Hans Schlag de Kossgarten junto ao Neckar. Seu traje verde-cinza mal estava sujo ou desalinhado. Seria lícito supor que Schlag simplesmente adormecera, não fosse pela espantosa palidez do seu rosto e pelo emaranhado de cabelo e barba, que o frio tornara duros como gelo. O dr. Piazolo, que tirara as luvas pretas de motociclista e, com uma timidez incomum para ele, apalpara o corpo agora rijo tanto pelo frio como pela rigidez cadavérica que se instalara fazia tempo, exprimiu a suspeita de que o caçador, que não mostrava nenhum sinal de ferimento, com toda probabilidade sobrevivera de início à queda. Era bem possível, disse, que o caçador tivesse perdido a consciência por puro pavor bem no instante do escorregão, e que sua queda tivesse sido amortecida pela folhagem nova que crescia na ravina. E a morte provavelmente ocorrera apenas após algum tempo, por congelamento. O gendarme, que seguira as hipóteses do dr. Piazolo com ar afirmativo, relatou então de sua parte que o pobre Waldmann, que agora jazia duro feito pedra aos pés do caçador, ainda estava vivo quando a tragédia fora descoberta. A seu ver, antes de atravessar a pinguela o caçador pusera o bassê dentro da mochila e esta de algum modo se desprendera durante a queda. É que a mochila estava a certa distância, com um rastro que levava até o caçador, em cujo lado o bassê cavara um buraco raso no chão da floresta, congelado apenas na superfície. Estranhamente, assim que se aproximaram do caçador e do seu cão, Waldmann de repente foi tomado de fúria, embora mal lhe restasse um sopro de vida, de modo que foram obrigados a sacrificá-lo ali mesmo com um tiro. O dr. Piazolo debruçou-se outra vez sobre o caçador, fascinado, aparentemente, com o fato de que os flocos de neve se depositavam no seu rosto sem derreter. Então puxou com cuidado o xairel sobre o corpo imóvel, e nesse mesmo instante, provocado sabe-se Deus por que tipo de minúsculo movimento, o relógio de repetição no bolso do colete ou da calça do caçador tocou dois ou três compassos da canção "Üb immer Treu und Redlichkeit". Os homens se entreolharam com um ar de consternação. O dr. Piazolo balançou a cabeça e subiu na sua moto. O trenó pôs-se outra vez a caminho, e eu, que passara despercebido de todos, segui adiante no último trecho do trajeto até a minha casa. O cadáver do caçador Schlag, que aparentemente não tinha parentes, foi submetido, como eu soube depois, a uma autópsia no hospital do distrito, da qual não resultaram, porém, outras explicações sobre a causa da morte além daquelas já dadas pelo dr. Piazolo, exceto pelo fato, descrito no relatório da necropsia como curioso, de que um pequeno barco estava tatuado no braço esquerdo do morto.

Poucos dias depois do encontro com o finado caçador Schlag, e portanto pouco antes do Natal, fui acometido de uma grave doença, da qual o dr. Piazolo e o médico de fora por ele consultado disseram que era difteria. Fiquei de cama, minha garganta cada vez mais dolorida, depois em chagas, e por fim totalmente ferida por dentro, e a cada dois minutos eu era terrivelmente sacudido por uma tosse seca que me dilacerava o peito e o corpo inteiro. Uma vez instalada a doença, meus membros me pareciam de um peso tão inconcebível que eu não conseguia mais levantar a cabeça nem as pernas ou os braços, e tampouco as mãos. Nos ocos do meu corpo havia uma pressão tal que meus órgãos pareciam ter passado por uma calandra. Era recorrente a visão que eu tinha do ferreiro, que, com uma tenaz, arrancava da forja meu coração incandescente, envolto em chamas azuladas como um fogo-de-santelmo, para mergulhá-lo na água fria como gelo. Somente a dor de cabeça já me levava muitas vezes aos limites da inconsciência, mas só quando a febre, no auge da doença, subiu até bem perto do limite crítico, livrei-me pelo delírio dos extremos da dor. Eu me via então prostrado como no meio de um deserto sob o calor tremeluzente, meus lábios cinza rachados e escamantes, e na língua o gosto pútrido da pele em decomposição da minha faringe. Meu avô me pingava água morna na boca, e eu a sentia escorrer lentamente pelas queimaduras abertas no interior da garganta. Várias vezes em meu delírio eu me via passando pela sra. Sallaba, que chorava nas escadas que levavam ao porão, e ali, no canto mais escuro e remoto, abrindo o armário em cuja base ovos em conserva eram guardados para os meses de inverno num grande pote de barro. Eu metia minha mão e meu antebraço na superfície calcária da água até quase o fundo do recipiente, mas para meu espanto sentia que o que fora conservado nesse pote não eram ovos protegidos em suas cascas, e sim algo mole, algo que escorregava pelos dedos, e no mesmo instante eu sabia que não se tratava de outra coisa a não ser globos oculares. O dr. Piazolo, que tão logo eclodira a doença ordenara que meu quarto se transformasse em um posto de quarentena no qual apenas meu avô e minha mãe tinham permissão de entrar, mandou que eu fosse envolto da cabeça aos pés em toalhas úmidas e mornas, o que de início me fez muito bem, mas em breve passou a causar um medo que aflorava em mim cada vez mais rápido. Minha mãe tinha de lavar o chão duas vezes ao dia com água de vinagre, e as janelas do quarto de enfermo eram mantidas escancaradas pelo menos durante o dia, razão pela qual às vezes nevava até quase a metade do quarto e meu avô ficava sentado ao pé da cama com seu pesado sobretudo e o chapéu na cabeça. A doença durou umas boas duas semanas, até pouco depois do Natal, e até o Dia de Reis eu mal conseguia comer outra coisa senão colheradas de pão e leite. A porta do posto de quarentena agora ficava entreaberta, e na soleira apareciam alguns dos moradores da casa a título de distração, entre eles Romana, umas duas ou três vezes, e todos admiravam como um milagre o menino que escapara por um triz com vida. Já era Quaresma quando me foi permitido sair ocasionalmente ao ar livre. Por enquanto, voltar à escola estava fora de cogitação. Na primavera, durante duas horas por dia, fui posto sob os cuidados da srta. Rauch, que nesse meio-tempo fora substituída pelo terrível professor König, de quem ela cobrira a ausência. A srta. Rauch era filha do guarda-florestal, e portanto todo dia por volta das dez eu ia até a casa do guarda-florestal e me sentava, quando fazia tempo ruim, ao lado da meiga candidata ao posto de professora no banco junto à estufa, e quando fazia tempo bom, lá fora no quiosque giratório do jardim, em meio ao arboreto, eu enchia com desvelo meus cadernos com uma rede de sinais e números nos quais esperava enlear e cativar a srta. Rauch para sempre. Também me parecia então que eu crescia com grande velocidade e que por isso seria perfeitamente possível que já no verão eu pudesse comparecer diante do altar da igreja com minha professora.

Eu passara quase um mês, até o início de dezembro, em W., e durante mais ou menos esse tempo inteiro fora o único hóspede da pensão Engelwirt. Só de vez em quando aparecia um daqueles homens que viajam a negócios, que passavam a noite no bar terminando o trabalho do dia, calculando percentagens e taxas de comissão. Como eu também estava sempre debruçado sobre meus papéis e, tal como eles, só de raro em raro lançava um olhar absorto ao longe, é provável que de início eles me tomassem por um vendedor, mas após uma inspeção taxiológica mais detida é bem possível que, pela minha aparência externa incompatível com a classe, concluíssem por um mister diverso e, suponho, mais duvidoso. Incomodado não tanto por esses olhares, mas antes pelos primeiros preparativos feitos na casa já para o começo da estação de inverno, resolvi partir, sobretudo porque eu havia chegado ao ponto de minhas notas no qual eu teria ou de continuar para sempre, ou interrompê-las. No dia seguinte, após mudar várias vezes de trem e aguardar longamente nas plataformas de estações de província expostas ao vento — não me lembro nada desse percurso a não ser da figura grotesca de uma pessoa alta demais, para não dizer de proporções gigantescas, que usava um horroroso terno Trachten da moda e uma gravata larga com penas multicoloridas nela costuradas, nas quais o vento brincava —, no dia seguinte, digo, com W. já infinitamente longe de mim, eu me achava sentado no expresso Hoek van Holland e viajava pelo interior alemão, que sempre me foi incompreensível, ordenado e retificado como era até o último recanto. Tudo me parecia aplacado e entorpecido de uma forma maligna, e a sensação de torpor se apoderou também de mim. Não me animei a abrir os jornais que comprara, a beber a água mineral que estava à minha frente. Ao lado, passavam os pastos e as plantações nas quais o trigo verde-pálido de inverno brotara no devido tempo; trechos de floresta, poços de cascalho, campos de futebol, fábricas e as colônias de casas geminadas que se expandiam cada vez mais, atrás de suas cercas rústicas e sebes de alfena. Ao olhar para fora, pareceu-me de repente singular que não se via uma alma viva quase em nenhuma parte, embora carros suficientes acelerassem pelas estradas úmidas envoltos em névoas densas de borrifo. Mesmo nas ruas das cidades havia muito mais carros do que pessoas. Era como se nossa espécie tivesse dado lugar a outra ou como se no mínimo vivêssemos em uma espécie de prisão. O silêncio dos passageiros que viajavam comigo e minha própria imobilidade, sentado em um vagão expresso climatizado, não contribuíam para dispersar tais conjecturas. Aliás — isto sou obrigado a notar por questão de honestidade —, esses pensamentos não me passavam então pela cabeça, mas, ao olhar para a paisagem tão cabalmente repartida e aproveitada, as palavras "sudeste da Alemanha", "sudeste da Alemanha" repetiam-se sem parar na minha consciência, se é que consciência eu ainda tivesse a essa altura, até que após algumas horas de tortura cada vez maior, convenci-me de que algo como um eclipse das minhas faculdades mentais estava prestes a se instalar definitivamente.

A compulsão sob a qual me encontrava só foi se atenuar quando o trem entrou na estação de Heidelberg, onde havia tamanho número de pessoas nas plataformas que logo supus estarem fugindo da cidade em vias de destruição ou já destruída. O último dos passageiros recém-embarcados a entrar em meu compartimento, ainda ocupado só pela metade, foi uma jovem de boina de veludo marrom e cabelo anelado, que reconheci de cara e, como disse comigo, sem sombra de dúvida, como Elizabeth, filha de Jaime I, que, segundo o relato dos historiadores, chegara a Heidelberg como noiva do príncipe eleitor do Palatinado e, durante o breve espaço de tempo que tivera ali sua esplendorosa corte, ficara conhecida como a Rainha de Inverno. Mal tomara assento e se acomodara no seu canto, essa jovem do século XVII inglês ficou profundamente imersa num livro intitulado *O mar da Boêmia*, de autoria de uma escritora que eu desconhecia, chamada Mila Štern. Somente quando margeávamos o Reno ela ergueu ocasionalmente a vista da sua leitura e, pela janela do vagão, olhou de lado o rio e as encostas íngremes da outra margem. Um forte vento norte deve ter começado a soprar, pois as bandeiras de popa dos batelões de carga que sulcavam corrente acima pelas águas cinza tremulavam não para trás, mas para a frente, como em um desenho de criança, o que emprestava à imagem algo de torto e comovente. A luz lá fora diminuíra a olhos vistos, até que somente uma claridade pálida enchia o vale. Saí ao corredor. Os vinhedos cor de ardósia e de violeta estavam cobertos aqui e ali com redes azuis-turquesa. Quando então a neve começou a cair aos poucos, traçando uma hachura quase horizontal em uma paisagem que mudava constantemente à medida que avançávamos, mas que na essência permanecia a mesma, ocorreu-me de repente que estávamos a caminho do extremo norte, como se agora nos aproximássemos da ponta mais remota da ilha de Hokkaido. A Rainha de Inverno, que eu supunha ter causado secretamente essa transformação da paisagem do Reno, também havia saído ao corredor e estava já fazia algum tempo de pé ao meu lado, contemplando o belo espetáculo, até que a ouvi recitar, exclusivamente para si mesma, pareceu-me, os seguintes versos, com um sotaque inglês mal perceptível:

Relva branca que na neve se espalha
Véus mais pretos que os do dorso da gralha
Luvas tenras como a rosa e o botão
Rostos de máscaras — mas de quem são?

Que eu não soubesse o que responder naquela hora, não soubesse como ele continuava, esse verso de inverno, e, a despeito dos sentimentos dentro de mim, não dissesse nada, mas continuasse ali estúpido e calado, olhando para um mundo que já quase se fora no crepúsculo, é algo do que me arrependi diversas vezes desde então. Em breve o vale do Reno se abriu, na planície surgiram reluzentes prédios de apartamentos, e o trem seguiu adiante rumo a Bonn, onde a Rainha de Inverno, sem que eu fosse capaz de lhe dizer uma única palavra, desembarcou. Desde esse dia tentei inúmeras vezes, e até agora em vão, encontrar ao menos o livro *O mar da Boêmia*; mas, embora ele seja para mim sem dúvida de grande importância, não é mencionado em nenhuma bibliografia, em nenhum catálogo, em lugar nenhum.

Na tarde seguinte, de volta a Londres, minha primeira escala foi na National Gallery. O quadro de Pisanello que eu queria ver não se encontrava no lugar de costume, mas, em razão de reformas, fora transferido para um recinto mal iluminado do subsolo, ao qual desciam poucos dos visitantes que vagavam diariamente pelas salas da galeria com um ar de perfeita incompreensão. O quadro pequeno, que mede talvez trinta por cinqüenta centímetros, lamentavelmente aprisionado em uma moldura dourada do século XIX pesada demais, é quase todo preenchido na metade superior por um disco de ouro, radiante contra o azul do céu e que serve de pano de fundo para a representação da Virgem com o menino Redentor. Embaixo, de fora a fora, estende-se uma orla de copas de árvore verde-escuras. À esquerda está o patrono dos rebanhos, pastores e leprosos, santo Antônio. Ele veste um hábito escarlate e um manto marrom-terra comprido. Na mão, segura um sino. A seus pés há um javali domesticado, deitado bem rente ao solo em sinal de submissão. Com olhar severo, o eremita levanta os olhos para a gloriosa aparição do cavaleiro que acaba de passar à sua frente e do qual ressuma algo mundano, que nos parte o coração. O dragão, um animal anelado e alado, já deu seu último sopro de vida. A armadura ornamentada, forjada de metal branco, reúne em si todo o clarão da noite. Nenhuma sombra de culpa aflora no rosto jovem de são Jorge. Nuca e pescoço se oferecem desprotegidos ao observador. Porém o toque todo especial desse quadro é o chapéu de palha de abas largas, extraordinariamente bem trabalhado e ornado com uma grande pena, que o cavaleiro usa na cabeça. Eu gostaria de saber como Pisanello teve a idéia de guarnecer são Jorge justamente com um chapéu tão inadequado e, em vista das circunstâncias, francamente extravagante. *San Giorgio con cappello di paglia* — de fato muito esquisito, como talvez também pensem os dois bons cavalos que olham por sobre o ombro do cavaleiro.

Fiz o trajeto de volta da National Gallery até a estação Liverpool Street a pé. Como não queria seguir pela Strand e pela Fleet Street, atravessei o labirinto de ruas menores acima dessas artérias. Passando por Chandos Place, Maiden Lane e Tavistock Street, cheguei a Lincoln's Inn Fields e de lá, via Holborn Circus e Holborn Viaduct, ao perímetro oeste da City. Não devo ter percorrido muito mais do que cinco quilômetros, e no entanto era como se eu nunca tivesse feito na minha vida um caminho mais longo do que nessa tarde. Mas só me dei conta realmente da minha exaustão quando, na soleira da estação de metrô, de cujo interior manava o familiar calor poeirento e doce do mundo subterrâneo, percebi, como uma ilusão que assalta um timoneiro em mar aberto, o débil perfume dos buquês de crisântemo de cor branca, púrpura, rosa e vermelho-ferrugem vendidos ao lado da entrada por um florista com seu quê de Próspero. Então me ocorreu que essa era a mesma estação na qual, ao passar por ela, eu nunca tinha visto alguém embarcar ou desembarcar. O trem pára, as portas se abrem, olha-se para a plataforma vazia, escuta-se o aviso *Mind the gap*, que em geral nas demais estações mal se percebe, mas ali é perfeitamente audível, as portas tornam a se fechar, e o trem segue adiante. Sempre que passei por essa estação foi assim, e nem uma única vez um dos outros passageiros deu sequer uma piscadela. Obviamente só a mim saltava à vista essa circunstância, que de fato me intranqüilizava. Assim, agora eu estava na calçada em frente da entrada da dita estação e, para me poupar do último e cansativo trecho do caminho, bastava que eu entrasse no saguão escuro, no qual, exceto por uma mulher bem negra sentada em uma espécie de guichê, não se via um ser vivo. Talvez seja escusada a observação de que, por fim, não entrei nessa estação subterrânea. É bem verdade que passei um tempo considerável, por assim dizer, no limiar, e cheguei até a trocar alguns olhares com a mulher escura, mas o passo decisivo não me atrevi a dar.

Lentamente se moveu o trem ao deixar a estação Liverpool Street, passando pelos muros de tijolo fuliginosos que, por causa dos nichos neles cavados, sempre me pareceram parte de um vasto sistema de catacumbas que ali afloram à superfície. No curso do tempo, inúmeras buddléias, que como se sabe têm predileção pelas condições menos favoráveis, cresceram nas fendas e rachaduras do muro concluído no século XIX. Da última vez que eu passara por esses muros negros, a caminho da Itália no verão, os arbustos esparsos haviam acabado de florescer. E quase não acreditei nos meus olhos, enquanto o trem aguardava o sinal, ao ver uma borboleta-limão esvoaçando de uma flor para outra, ora em cima, ora embaixo, ora à esquerda, sempre em movimento. Mas isso já fazia meses, e a lembrança que tive, dizia comigo agora, fora provavelmente suscitada por um simples desejo. Não havia dúvida, ao contrário, da realidade dos meus pobres companheiros de viagem, que haviam levantado de manhã cedo elegantes e alinhados, mas agora estavam prostrados em seus assentos como um exército derrotado e, antes de se voltarem aos seus jornais, miravam cegamente o átrio da metrópole com olhos fitos. Mais adiante, onde a selva de prédios rareava um pouco, ergueram-se na distância três blocos de edifícios totalmente envoltos em andaimes e rodeados por manchas irregulares de grama, e ainda mais além, antes da tira chamejante de céu no horizonte ocidental, um pé-d'água caía, como um enorme pano mortuário, da nuvem preto-azulada que recobria a cidade inteira. Quando o trem mudou de trilhos, pude lançar um olhar para trás, na direção nos prédios prodigiosos da City, que se erguiam muito acima de tudo ao redor, os andares mais altos dourados pela luz do oeste que neles incidia em cheio. Os subúrbios passaram — Arden e Maryland —, e logo ganhamos o campo aberto. O horizonte ocidental começou a se apagar. Logo baixaram as sombras noturnas sobre sebes e campos. Folheei um pouco a edição em papel-bíblia — Everyman's Library, 1913 — do diário de Samuel Pepys que eu comprara naquela tarde. Li páginas a esmo, um trecho aqui, outro ali, desse relato que se estende por mais de mil e quinhentas páginas, até que sobreveio o sono e me vi obrigado a decifrar as mesmas duas ou três linhas vezes e mais vezes, sem no entanto ser capaz de entender o que diziam. Então sonhei que caminhava por uma região montanhosa. A estrada coberta de fino cascalho branco se estendia para cima e para baixo em infinitas curvas fechadas pelas florestas e finalmente, no alto do desfiladeiro, conduzia por um talhe profundo até o outro lado da cordilheira, que, como eu sabia no sonho, eram os Alpes. Tudo o que vi lá de cima era da mesma cor calcária, um cinza-claro, fulgurante, no qual cintilavam miríades de fragmentos de quartzo. Isso me dava a estranha impressão de que a pedra se dissolvia em raios. Do meu ponto de observação, a estrada continuava montanha abaixo, e ao longe erguia-se uma segunda cadeia de montanhas, ao menos tão alta quanto a primeira, que eu supunha não ser mais capaz de transpor. À minha esquerda abria-se um abismo verdadeiramente vertiginoso. Cheguei até a beira da estrada, e tive consciência de que jamais contemplara um abismo tão profundo. Não se via nenhuma árvore, nenhum arbusto, nenhum toco, nenhum tufo de grama, tudo era somente pedra. As sombras das nuvens corriam sobre as vertentes escarpadas e pelos desfiladeiros. Nada mais se mexia. Reinava um silêncio absoluto, pois mesmo os últimos traços de vida vegetal, a última folha farfalhante ou lasca de casca de árvore, tinham se apagado havia tempo, e somente as pedras jaziam imóveis sobre o solo. Nesse vazio sem fôlego, as palavras voltavam então para mim como um eco que quase se dissipou — fragmentos do relato do grande incêndio de Londres. Eu o vi crescer cada vez mais. Não era claro, era uma labareda atroz, maligna, sangrenta, impelida pelo vento por toda a cidade. Às centenas os pombos jaziam mortos sobre a calçada, as penas chamuscadas. Uma multidão de saqueadores vaga pela Lincoln's Inn. Igrejas, casas, madeirame e pedras de alvenaria, tudo arde simultaneamente. Nos campos-santos, as pervincas pegam fogo. Cada qual uma tocha acesa por brevíssimo tempo, uma crepitação e uma chuva de centelhas que se extingue. O túmulo do bispo Braybrooke é aberto. Será o final dos tempos? Um baque abafado, monstruoso. Como ondas no ar. A casa de pólvora vai pelos ares. Fugimos pela água. À nossa volta o reflexo, e mais além, diante da profunda escuridão dos céus, em um arco montanha acima, a parede de fogo dentado que já atinge um quilômetro e meio de largura. E, no dia seguinte, uma silenciosa chuva de cinzas — no rumo oeste, até quase Windsor Park.

1ª EDIÇÃO [2008] 1 reimpressão

ESTA OBRA FOI COMPOSTA EM ELECTRA PELO ACQUA ESTÚDIO E IMPRESSA EM OFSETE PELA GRÁFICA SANTA MARTA SOBRE PAPEL PÓLEN SOFT DA SUZANO S.A. PARA A EDITORA SCHWARCZ EM OUTUBRO DE 2021

FSC
www.fsc.org
MISTO
Papel produzido a partir de fontes responsáveis
FSC® C011188

A marca FSC® é a garantia de que a madeira utilizada na fabricação do papel deste livro provém de florestas que foram gerenciadas de maneira ambientalmente correta, socialmente justa e economicamente viável, além de outras fontes de origem controlada.